1

藤崎珠里
イラスト　さくなぎた

精霊つきの宝石商

特別なエメラルド

MFブックス

フェリシアン
王都に居を構える美形伯爵
エマ
宝石店アステリズムの店長

ペラン
アステリズムの店員
アナベル
エマの義妹
ノエル
アステリズムの副店長

ターニャ
エマの友人。傭兵。
アンバーベア目掛けて、
思い切り振り下ろされる大剣。
かろうじて避けた魔物にさらに一振り二振り、
ターニャは大剣とは思えない速度で猛攻する。

CONTENTS

1 始まりのティンカーベル・クォーツ

——目を開けると、おかしな景色が広がっていた。

どう見ても日本人ではない人たちが、ファンタジーものの映画でも撮影しているのか、と思うような格好で道を行き交っている。

石畳。馬車。見慣れないものを売る露店。レンガや石造りの建物。

「……え？」

呆然《ぼうぜん》と出た声がいつもより高くて、思わず喉元に手をやる。その手も小さい……というか、そもそも目線が低い？

パジャマにしていたワンピースの裾が、思い切り地面についていた。

……子どもに、なってる？

「待て、待って、私、ええっと……」

昨日は確か、ぎりぎり終電に間に合って家に帰れて……ちゃんと自宅のベッドで寝た、はずだった。いくら記憶を探っても、それ以降のものは出てこない。

混乱しながら、ほっぺたをみょんとつまんでみる。普通に痛い。夢じゃない、かもしれない。確かに夢にしては、風の感触やにおいまで鮮やかだ。

どうしよう、なにこれ、何が起こってるの……!?

うろうろと辺りをさまよっていると、通りかかった女性が心配そうに声をかけてきてくれた。

「どうしたの？　迷子？」

日本語ではなさそうなのに、言葉の意味が理解できる。

心臓がばくばくと嫌な音を立て始めた。恐怖なんて感じる余裕もないほどに混乱していたのだと、遅れて気づく。

じり、と後ずさる。小石を踏んだ裸足《はだし》が痛い。

目の前の人が、ただただ恐ろしかった。

「あっ、あの……だいじょうぶ、です」

居ても立っても居られなくて、私は女性の反応も待たずに駆け出した。

ワンピースの裾をたくし上げて、ぜいはあと息を切らして、何がしたいのかもわからないまま走り続ける。どうすればいいのかわからないから、とにかく痛い足を動かした。

……異世界転生、ってやつなの？　いや、生まれてはないから、転移？

窓に映った自分の姿がちらっと目に入ったけど、別人なわけじゃなく、子どものころの私の姿だった。小学校に上がる前、くらいの歳《とし》くらいだろうか。

なんで子どもに？　この世界、戸籍みたいな制度とかあるのかな。養護院、みたいなところを探せばいい？　受け入れてくれる？　せめて大人の姿だったら仕事を探せたかもしれないけど、こんな歳じゃ生きていけるかもわからない。

焦りと不安で思考がぐるぐるとする。吐きそうだった。

ワンピースの裾を踏んでしまって、ずべっ、と思いきり転ぶ。小さな手では、裾をたくし上げ続けるのにも無理がある。そもそも急に小さくなった体で、ここまで走ってこられたのが奇跡のようだった。

反射的に涙がにじんできて、ぐっと歯を食いしばりながら立ち上がる。気を抜いたら、声を上げて泣きじゃくってしまいそうだった。そう簡単には泣かない強さを身につけたつもりだったけど、この状況ではさすがに難しい。

手の甲で涙を拭って、ふと気づいた。

——私が転んだ場所は、ジュエリーショップの前だった。

ショーウィンドウに、ふらふらと近づく。中には、色とりどりの宝石が輝くジュエリーがあった。ダイヤモンドやルビーの指輪、エメラルドのネックレス、アクアマリンのピアス、アメシストのブローチ。

いつもだったらそれだけで十分惹《ひ》かれる。けれどショーウィンドウの一角には、それ以上に美しい光景があった。

「……きれい」

自分の置かれた状況も忘れて、見入る。

特別に見えるジュエリーは、三つ。それらにはめられた宝石は、まるで魔法のような輝きを放っていた。魔法なんて見たことがないけれど、魔法のようだと感じる。

普通のように、光を反射して輝いているのではない。

輝き自体がふわりと浮き出ていたり、水が流れるように動いていたり——妖精が撒《ま》く魔法の粉みたいな輝きが、きらきらとスノードームのように宝石の周りを巡っていたり。

「この指輪、ティンカーベル・クォーツ……？　ジュエリーショップにあるなんて珍しい……。この光なに？　どうなってるの？　映写……してるわけじゃないし、宝石自体から出てる、よね」

興奮のあまり、ぶつぶつと独り言がこぼれてしまう。

昔から、宝石が好きだった。美しくて、世界まで美しく思えるところが好きだった。仕事が忙しくて死にそうな中でも、たまに自分へのご褒美にジュエリーや裸石《ルース》（ジュエリーに加工されていない石）を買っては、心の支えにしていた。

……社畜すぎて、ほんとに死んじゃったのかな、私。まだ二十代だったのに。こんなことなら、ブラック会社のＯＬなんかじゃなくて、宝石に関わる仕事に就いて死ねばよかった。

余計な思考を振り払って、私はひたすらに宝石を見つめた。

不安や恐怖は消えていた。こんなに美しいものを見られたのなら、もうなんでもよかった。それだけの力がある美しさだった。

宝石とはまた別のふわふわひらひらした黄色い光が、ショーウィンドウをすり抜けて私の周りを漂う。光はよく見ると、蝶《ちょう》のような形をしていた。動きの軌道に合わせ、ダイヤモンドダストのようなきらめきが撒かれる。

不思議だったけど、それを気にするよりも宝石を見ていたかった。

――そのとき、静かに店のドアが開いた。シンプルなドレスを身にまとった女性が、微笑《ほほえ》みを湛《たた》えながら私に近づいてきた。

それに気づいて、私は後ずさった。

……けどここから逃げたら、この不思議で美しい宝石を二度と見れなくなるんじゃ？

そう思うと、足はそれ以上動かなかった。

「小さなお嬢さん」

そっと優しい声で呼びかけてきたその人は、しゃがみ込んでにこりと笑みを深めた。

「中に入ってみる？　ここにある綺麗《きれい》なものと同じくらいきらきら綺麗なのが、もっといっぱいあるわ」

それはとても魅力的なお誘いだった。無意識にうなずいてしまいそうになったのを、はっと我慢する。

今の私は、いかにも怪しい子どもなのだ。到底このきらきらとしたお店に似合うような人間ではないし、お金だって持っていない。どう考えたって迷惑にしかならないだろう。

淡い桜色の瞳を見つめ返しながら、おそるおそる首を横に振る。

「でも……私、こどもです」

「何か心配なことがあるの？」

「他のおきゃくさまの迷惑、とか……宝石、こわしちゃったり、とか」

「大丈夫よ。今はお客様がいなくて、私も退屈していたの。それに宝石は、壊れたり汚れたりしないように魔法をかけてあるから」

魔法。

「……このきらきらも、魔法？」

体に引きずられてか、言葉がつたなくなってしまうのが少し恥ずかしい。

特別に見える宝石たちを指差せば、彼女は「あら」と目を丸くした。

「特別なきらきらが見えるのね？　じゃあやっぱり、中にいらっしゃい！」

優しく私の手を取って、店の中へと導いてくれる。抵抗する気に一切ならなかったのは、その手がすごく温かかったからかもしれない。

お客さんは確かにいなかったけど、店員さんはもう一人いた。夜空のような紺色の髪を低い位置で一つに結んだ、綺麗な人。顔立ちが端整すぎて、男性か女性かぱっと判断がつかない。きっちりとスーツを着こなしていて、体のラインもあまりわからないし……って、いけない。あんまりじろじろ見たら失礼だ。

彼あるいは彼女は、私の手を握ったままの女性と軽くアイコンタクトを取ってから、私に微笑みかけた。ぎこちなく会釈すると向こうも会釈を返してくれて、そしてそのまま商品の陳列作業を続ける。こちらのことはお気になさらず、という雰囲気がした。

「さあさあ、思う存分、好きなだけ見てちょうだい！」

握った手が離され、肩をぽんと優しく押された。促されるままに店内を見回す。

本当に美しい宝石ばかりで、自分の頬《ほお》が紅潮してくるのがわかった。中でも眩暈《めまい》がしそうなくらいの輝きがあふれている場所があって、自然とそこに惹かれて、ふらりと近づく。外から見えたあの三つのジュエリーのように、魔法のような特別な輝きを持っている。

見惚《みと》れて言葉も出ない私に、女性がくすりと可愛《かわい》らしく笑った。

「綺麗でしょう？」

「……はい」

「ふふ、お嬢さんはどの宝石が一番好き？」

「い、いちばん……？　ええっと……」

今までの人生で一番難しい問いかけだった。

どの宝石にもそれぞれ違った魅力がある。一番なんて決められない。それでも、こんなに美しいものを見せてくれた人に、適当な返事はしたくなかった。

ぐうっと眉間に皺《しわ》を寄せ、私は難しい顔で店内を再び見回した。

あれもこれも、本当に全部綺麗だ。そのうえで、もしも一つに決めるとしたら……。

「……全部好き、です。でも、今までで一番きれいだと思った宝石は、あれです。あれって、ティンカーベル・クォーツですか？」

指を差して尋ねると、女性は「よく知ってるわね」と頭を撫《な》でてくれた。当たってた……！　嬉《うれ》しくてにこにこしてしまう。

ティンカーベル・クォーツは、内包物――インクルージョンが魅力的な水晶《クォーツ》だ。確か、ピンクファイヤー・クォーツって名前でも呼ばれてたような……。

どちらにしても、名前から受けるイメージにぴったりな宝石だった。中のインクルージョンが光を受けると、まるでピンク色の魔法の粉や炎のように、美しく輝くのだ。これが本当にうっとりするくらい美しくて……前世（？）ではルースで買ったけど、その輝きを堪能するために一緒に宝石用のペンライトも買ったくらいだ。

けれどここにあるティンカーベル・クォーツの輝きは、インクルージョンの反射によるものだけではない。

「私が知ってるティンカーベル・クォーツよりきれいです……！　なんであんなにきらきらしてるんですか？」

「魔宝石を初めて見たらびっくりするわよねぇ」

頬に手を当てて、女性はうふふと笑う。

「普通の宝石と違って、魔力が中に入ってるの。魔法は見たことがあるでしょう？　それを使うための力。その輝きが見えるってことは、あなたも魔力があるのね」

……ここってやっぱり、異世界なんだ。

ずどんと、胃に重い何かが落ちてきたような心地になる。

見知らぬ世界で、急にひとりぼっちになってしまった。帰る方法も、そもそも元の世界で生きているのかも、この世界で生きていくための方法も何もわからなくて――それでも、美しい宝石を見ると、なんだかなんとかなりそうな気がしてくる。

ふう、と小さく息をこぼす。宝石の、こういうところが好きだ。

もうどうしようもないことを考えたって仕方ない。そう割り切るには情報が足りなすぎるけれど、それよりも今はこの人と話がしたいし、宝石を見ていたかった。

気分を切り替えるように視線を動かすと、蝶のような光が私の頬を撫でた。そういえば、この光は何なんだろう。

「ふわふわした、ちょうちょみたいな光も飛んでますけど……これも魔力ですか？」

片手を受け皿のようにして、私の周りを飛んでいた光を手の上にのせようとする。光にはさわれなかったけど、手の上に留《とど》まってはくれた。光がいっそう強くなって、眩《まぶ》しさに目を細める。この光に感情なんてものはないだろうけど、私に構ってもらえて嬉しがっているようにも見えた。

私の言葉に、ふっと女性の表情が変わる。

「……蝶々みたいな光？　そこにあるの？」

「え、えっと、ここ])とか……ここ}とか、そことか。さっきは黄色い光だったんですけど、今は薄いピンク色っていうか……あ、また黄色になりました」

『そこにあるの？』とは、どういうことだろう。魔宝石、とやらの輝きは同じように見えているのに、これは見えないんだろうか。

不思議に思いつつ、またティンカーベル・クォーツに目を向ける——と、がしっと勢いよく両手を握られた。

「あなた、うちの子にならない⁉」

「…………はい？」

うちの子、って。……この女性の家の子に？　私が？　なる？

……どうして？

「ああ、ごめんなさい、私ったら！　まだお互いのことなんて、宝石が好きなことしか知らないのに……」

慌てて私の手を放した女性は、ぽかんとする私に向かって自己紹介をしてくれた。

「私はクロエ。夫と一緒に、この宝石店の店主をしています。あなたのお名前を教えてくれる？」

「……絵麻です」

「エマ、急に変なことを言い出しちゃってごめんなさい」

訝《いぶか》しむ様子もなく、クロエさんは私の名前を呼んだ。

……異世界でも通じる名前でよかった。

ほっとする私に、彼女はためらいがちに切り出した。

「あのね、エマ……その、あなたの髪って、とっても綺麗ね」

「え、っと……？　ありがとうございます」

唐突な褒め言葉に戸惑うと、「お肌もすべすべで、言葉遣いだって丁寧で……」と続けられる。

そこで少しだけ眉を下げて、クロエさんは私の服と、足下に視線を滑らせた。

「私には、あなたがとても困っているように見えるの。もし誘拐……えっと、無理やり知らない人に連れていかれたところを逃げ出したとか、そういうことだったら、元のおうちに帰れるようにお手伝いするわ」

クロエさんは胸元に手を当て、きりりと顔を引きしめた。

「でも、勝手な勘違いだったらごめんなさい……なんだかそういうふうには見えなくて。こんな質問、あなたを傷つけてしまうかもしれないけれど、帰るおうちはある？　もしもおうちがなくても、一緒に暮らしてる人はいるのかしら」

気づかわしげにそっと向けられた問いに、息を詰める。私の表情を見て、クロエさんは「答えたくなかったら答えなくていいわ」とつけ足してくれた。

うちの子にならない？　という言葉。そして、今の質問。

……いや、まさか、そんな都合のよすぎることが起こるはずない。

勝手に結論を急ぎそうになる内心を抑え、私は正直に答えた。

「……帰る家は、ありません。一緒に暮らしてる人もいません」

クロエさんはさらに眉を下げて「そう……」とうなずいた。

こんな格好をした子どもが一人でいれば、何かしら訳ありであることは確実だ。クロエさんもそこから予測を立てたに違いない。

サイズの合わないおかしな服に、痛々しい足。クロエさんの反応からして、きっとそれらにそぐわないほど、今の私の髪や肌は手入れされているように見えるのだろう。現代日本の子どもの姿なのだから、そう見えるのも当然かもしれないけど。

クロエさんは店の外でしてくれたようにしゃがみ込んで、私とまっすぐに目を合わせてくれた。

「私と夫の間には子どもがいないの。夫と二人だけで暮らしていくのも悪くないか、って諦めかけていたところだったんだけど……エマみたいな子が私たちの子どもになってくれたら、素敵だなって思って」

その言葉は、私の想像した流れを外れなかった。

……ほんとに？　本当に、こんなことがあっていいのかな？

期待で心臓がどきどきしてきて、なんだか涙すら出てきそうだった。不幸のどん底にいたと思ったら、こんなふうにすくい上げてもらえるなんて。

全部が急で、目まぐるしさにわけがわからなくなりそうだった。視界に映る宝石の美しさと、目の前の人の優しさだけが確かだった。

「エマは魔力もある。魔宝石を扱うには魔力は必須で……ああでも、別に全然違うお仕事をしたくなったって、それでもいいの！」

「いえ！」

思わず強い語気で遮ってしまった。クロエさんはすぐに口を閉ざして、私の言葉を優しい表情で待ってくれた。

魔力とか、魔宝石とか、まだ何もわからないけど。

――でもずっと、私は宝石が好きだった。

「……宝石にかかわるお仕事がしたいって、ずっと思ってたんです」

「まあ、本当？　それなら嬉しいわ」

「わ、私も……うれしいです……！」

私には無理か、と諦めてしまった夢。それがこの世界では、どうやら目指してもいい夢らしい。信じられないくらいに嬉しくて、声が上ずってしまった。

「ふふっ、でも、『ずっと』だなんて……まだそんなに小さいのに。エマって本当に宝石が好きなのね！」

少しぎくりとする。けれどクロエさんはそれ以上疑問には思わなかったようで、微笑ましそうに見つめてくるだけだった。

もう大分今更だけど、発言には気をつけなきゃ……。

クロエさんなら正直にすべて話しても信じてくれるかもしれないけれど、過労死したかも、なんて言ったら絶対に悲しむだろう。ほんの少し話しただけなのに、この人を悲しませたくないという思いが確実に生まれていた。

反省しながら、気になっていたことを追加で訊《き》いてみる。

「私を……家族、にしてくださるのは、たぶん、魔力があるってだけが理由じゃないですよね？このふわふわの光が関係ありますか？」

魔うちの子にならないか、と提案してくれたタイミング的に、この光が関わっている気がする。魔宝石の輝きが魔力のある人にしか見えないとしても、そのジュエリーが商品として扱われている時点で、魔力持ちってある程度の数いそうだし……。珍しくはなさそうだ。

そう予測して尋ねれば、クロエさんは大きくうなずいた。

「そう！　さっきから思っていたけど、エマってすっごく頭がいいのね！　それでね、もう一つの理由なんだけど……その光は、精霊なの」

「……精霊？」

「なんていうのかしら……ええっと、不思議な力を持った……生物ではないし。でも意思はあるって聞くから、生物なのかしら？」

首をかしげつつ、彼女は言葉を続ける。

「精霊はね、精霊に愛されている人間にしか見えないの。魔力を持っている人間より、ずっと数が少ないのよ」

「私は精霊に愛されている……？」

「ええ、そういうこと」

私たちの会話を肯定するかのように、光が活発に動き回る。……もしかして、言葉まで理解しているんだろうか。

「精霊は魔宝石が大好きみたいなんだけど、精霊に愛された人間が魔宝石に魔力を込めると、より強い力と輝きを持った魔宝石になるのよ」

「今よりもっときれいになるってことですか!?」

大きな声を上げて、店内の魔宝石を見回してしまう。

今ですらすべて、この世のものとは思えないほど美しいのに……！　もっと美しくなる可能性を秘めてるの!?

「そうよ。だから、あなたがうちの子になってくれたらとっても嬉しいわ。こんなに可愛くて賢くて、宝石が大好きで、おまけに精霊に愛されている子なんて！　神様はこのために、私たちの間に子どもを授けてくださらなかったのかもしれないわ」

そう言って、クロエさんは悪戯《いたずら》っぽく笑った。

つられて笑い返してから、大事なことに思い当たった。

「……私も、クロエさんの養子にしていただけるのなら、すごくうれしいんですが……旦那さんとお話ししたりしなくて大丈夫なんですか？」

「うっ、そうね……先走っちゃったわ。まず間違いなく大丈夫だと思うけど、ちょっと待ってね、今話してくるから！」

お店の奥とかにいるのなら私もご挨拶を……と思ったのだが、クロエさんが取り出したのはスマホくらいの大きさをした板のようなものだった。

半円の形をした透明度の高い無色の宝石がはまっている。輝きからして、魔宝石のようだった。

クロエさんがそこにふれると輝きの流れが変わった。じじじ、と乱れた輝きが、しばらくすると元どおり美しい輝きになった。

「あ、ジャスパー？　実は養子にしたい子がいて……ふふ、そうね、いきなりでごめんなさい」

……まあ、魔法があるのなら、電話の代替道具ぐらいはある、のか？

原理がわからないけど、美しいだけじゃなくってこんなことにも使える魔宝石、すごい。

「その子ね、精霊に愛された子なの。……ね、すごいでしょ！　帰るうちがないらしくて……うーん、誘拐とか家出とかではないみたいなのよ。詳しくは聞いてないけど……」

言葉を濁してから、ほっとしたように電話の向こうに対してこくこくうなずく。

「ええ、そうよね。それで、宝石がすっごく好きみたいだから、うちの子にしちゃうのはどうかしらって。……たぶんまだ五歳くらいなんだけど……ちょっと待ってね。エマ！　あなた、今いくつかわかる？」

「ごめんなさい、わからなくて……」

「そう……ありがとう。クロエさんの言うように、五歳くらいかなとは思います」

わ。……ね、可愛い盛りよね。ジャスパー、正確な年齢はわからないけど、やっぱり五歳くらいみたいだわ。……ね、可愛い盛りよね。たぶんこれから先もずっと可愛いけれど。……ええ、そのほうがいいわね、待ってるわ」

それじゃあまた後で、とクロエさんは通話を切った。

そして私と目線を合わせて、楽しげに笑う。

「夕方には帰ってこられるみたい。それまでに怪我《けが》の手当てをして、お洋服を買いにいきましょう。というより、ここまで放置しちゃってごめんなさいね……あなたがあんまりにも宝石のことが大好き！　って顔してるから、ついついそっちを優先しちゃって」

「い、いえ、けがは全然大丈夫ですが、お店はいいんですか……!?」

「予約のお客様はいらっしゃらないし……任せていいかしら、ノエル？」

ずっと無言だったもう一人の店員さんが、「かしこまりました」とうなずく。声も中性的で、名前でも性別の判断はつかなかった。

「ありがとう！　あ、でも行く前にちゃんと紹介していきましょうか。ノエルもこのまま働き続けてくれるなら、いつかこの子と一緒に働くことになるかもしれないし……」

そう言って、クロエさんは私を優しく前に押し出すと、自慢げに両手を私の肩に置いた。

「うちの子になるエマよ」

「……エマさん、初めまして。ノエルと申します」

近づいてきたノエルさんは私の前でしゃがみ、優美に微笑んだ。

間近で見ても本当に綺麗な人で、どぎまぎしてしまった。ま、睫毛《まつげ》長い……。瞳はまるでアメシストのようだった。肌もきめ細かく、ついじっと見つめそうになってしまってから、慌てて頭を下げる。

「は、初めまして……エマともうします」

つられて丁寧に返すと、その様子がおかしかったのかくすりと笑われた。先ほどの微笑みとはまた印象が違って、可憐《かれん》な笑い方だった。

「……失礼いたしました。クロエさんとジャスパーさんには大変世話になっております。今後も末永く勤める予定でおりますので、よろしくお願いいたします」

「よ、よろしくお願いいたします……！」

「ふふ、末永くだなんて、嬉しいこと言ってくれるわね。それじゃあ、軽い挨拶も済んだことだし、行きましょう、エマ」

クロエさんはノエルさんに向けて満足そうに笑うと、私を外に連れ出した。

サイズがぴったりとしたワンピースと靴を身につけるだけで、心もとなさが緩和した。クロエさんは私が何を試着しても可愛い可愛いと喜んで、全部買おうとするものだから慌てて止めることになった。

私の周りにいる精霊も、私が服を着替えるたびに楽しそうにふわふわ飛び回っていた。やっぱり感情ある気がするな……。

そして夕方。お店のほうはノエルさんが締め作業をしてくださるようで、私は買いものからそのままクロエさん宅へと向かった。

「君がエマか」

帰ってきたジャスパーさんは、しゃがみ込んで視線を合わせてくれた。体が大きくて目つきも鋭かったけれど、その行動だけで、優しい人なんだとわかった。

……クロエさんとノエルさんに続き、ジャスパーさんまで私に合わせてしゃがんでくれるなんて。優しい人にばかり会っていて、自分の幸運が少し恐ろしくなってくる。過労死して異世界転移（？）しているかもしれない時点で幸運じゃない、というのは置いておく。

「ジャスパーだ。よろしく」

「エ、エマです。よろしくお願いします！」

私たちのやりとりを、クロエさんが微笑ましそうに見守っている。

ジャスパーさんは、荷物の中から小さなケースを取り出した。それをそっと私に差し出す。

「……私にくださるんですか？」

「ああ。開けてみてくれ」

開けると、そこにはあのティンカーベル・クォーツの指輪が入っていた。

目を見開く私に、ジャスパーさんが小さく微笑む。

「君が一番興味を持ったと聞いて、店に寄って持ってきたんだ」

「そんな……！　わ、私魔宝石のねだんとか知らないんですが、私がもらっていいものじゃないのはわかります！」

「大丈夫だ。俺たちの前に現れてくれたことの記念として受け取ってくれ」

「……ありがとうございます」

真摯に言われると、固辞することはできなかった。

指輪を見つめる。相変わらず、美しいピンク色の光が舞っていた。

「魔力を込めてみるか？」

「……込めて、みたいです」

私の魔力でもっと美しくなる魔宝石。見てみたくないはずがなかった。

けれど魔力の使い方がわからないと言えば、ジャスパーさんは手袋をくれた。この手袋をすると、体内の魔力を一定量まで自動的に、少量ずつ外に出してくれるらしい。子どもが魔力の扱いを学ぶときに使う道具なのだとか。

「この手袋では魔力を流すことしかできないから、少しすれば宝石から魔力が抜けてしまう。だが、どんなふうになるのか確認するには十分だろう。いずれ感覚を摑《つか》めば、宝石の中に留めることもできるようになる」

説明を聞いてから慎重に手袋をすると、確かに自分の中の『何か』が外に出ていく感覚があった。その『何か』を指輪に向けると――ピンクの光が鮮やかさを増し、私の体の周りをくるくると回り始めた。

眩しさに目をつぶる。少しすると光が収まった気がして、私はおそるおそる瞼《まぶた》を開いた。精霊がどこか嬉しそうに舞っている。視界に入る変化といえばそれだけだったけれど、なんとなく体に違和感を覚えた。

「まあ可愛い！」

クロエさんが頰を染めて、姿見まで案内してくれた。

まず驚いたのは、怪我や汚れが一切なくなっていること。もともとクロエさんが綺麗にしてくれてはいたけど、ここまでじゃなかった。

そして次に、髪型。いつのまにか複雑に結い上げられていて、可愛らしいひらひらとしたリボンでまとめられていた。

ワンピースもところどころアレンジされていて、シンプルさを活《い》かしつつもとても可愛いデザインになっていた。靴はぴかぴかに磨かれていて、私の顔が映ってしまいそう。手袋はいつのまにか外され、近くのテーブルに置かれていた。

なんていうか……シンデレラの魔法をかけられたみたい、かも。

私の変わり様に、クロエさんもジャスパーさんも感嘆の声を漏らす。

「魔力を流しただけでこれとは……」

「すごいわねぇ。石の輝きの色も、こんなに鮮やかになるなんて！　力の増幅も申し分なしだわ。魔道具に加工していなくても、魔法って発動できるものなのね……」

「精霊に愛された者だからこそ、だろうな。他では聞いたこともない」

「……思っていた以上に、精霊に愛されるって特別なことみたいね。これは、相当慎重にならなきゃいけないんじゃないかしら」

「ああ。こんなハイクオリティなものを、おいそれと世に出すわけにはいかない。ある程度魔宝石を知っている者が見れば、一目でこの特殊性に気づくだろう。引き出せる美しさがあるのにそのままにするなんて悔しいが、この子に関われない他の魔宝石の価値が落ちるのもかわいそうだ……いや、力の使い方は俺が決めることでもないが」

「ふ……ふふっ、あなたがそんなに興奮しているところ、初めて見たかもしれないわ」

ティンカーベル・クォーツの輝きが舞う範囲は、最初に見たときよりも大きくなっていた。

きらきら、きらきら。

いつまで見ていても見飽きることはないであろう美しい魔法の粉は、時折遊ぶように散って、また集まって、巡り続けている。二人の会話が耳に入らないほど、私はその輝きに見惚れていた。

「エマ」

ジャスパーさんに名前を呼ばれて、はっと我に返る。

「俺たちは、君にその力があるからこそ、君を養子に迎えたい。だが、君を利用する気はないんだ。……精霊に愛された人間が魔力を流した魔宝石を見るのは、今日が初めてだ。この輝きを見られただけで、もう人生に悔いはないとさえ思える」

眩しそうに、ジャスパーさんは目を細めた。クロエさんも同意するように、優しく微笑んでうなずいた。

「俺たちの娘になってくれたら、君の幸せのために力を尽くそう」

「ジャスパー、いくらエマが賢い子だからって、さっきから言い回しが難しすぎよ」

おかしそうにクロエさんが突っ込む。

「エマのやりたいことはなんだって応援するわ！　幸せにしたいの。だから、ねえ、私たちの子になってくれるかしら？」

……異世界転移、をして。もう元の世界では死んでいるかもしれなくて。

なぜか子どもの姿になっていて、何もわからず、不安と恐怖でいっぱいだった。

だけど魔宝石に、この夫婦に出会って、私に魔力があり、しかも精霊に愛されている、なんて都合の良すぎる展開が続いて――極めつきに、こんな。

「……どうして、今日会ったばかりの怪しい子どもに、そんなことを言ってくれるんですか？　どうしてそんなに優しいんですか……？」

このところ、仕事仕事で人の優しさにふれる機会がとても少なかった。ブラック会社なんて、大抵の社員がぴりぴりしている。私は事務仕事をしていたから、朝早くから終電まで、社外の人と関わることなんてほぼなかった。しかも婚約者には浮気をされたうえで、こっぴどくフラれるし……。

つまるところ私は、この夫婦の優しさに号泣寸前だった。

私の問いに、二人は顔を見合わせる。

「優しいっていうか……」

「ああ」

こくん、と深くうなずき合う二人。

「私たちは宝石をものすご～く愛してるだけよね」

「こんないいものを見られたのは、エマのおかげだからな」

「一生かけても報いたいって思うじゃない？」

「じゃない？　って……」

そんな軽く同意を求められるような内容じゃなかった、絶対に。

……でも、納得はできてしまった。

なぜなら私も、宝石を愛しているから。

ティンカーベル・クォーツに改めて目を向ける。確かにこんなものを見てしまったら、それを見せてくれた人間を幸せにしたくもなる。わかる。

「……ふつつかもの、ですが。よろしくお願いします」

深々と頭を下げる。

クロエさんは「そんな難しい言葉どこで覚えたの？」とところころと笑いながら、「よろしくね」

と心底嬉しそうに返してくれて、ジャスパーさんは不器用な手つきで頭を撫でてくれた。


それからというもの、私は宝石の勉強に勤《いそ》しんだ。

この世界の人の話す言葉は理解できても文字は読めなかったから、文字の勉強もした。

クロエさんとジャスパーさん――母さんと父さんに勉強しろと言われたわけじゃない。むしろ二人は、まだまだ遊ぶのが仕事だと言ってくれたくらいだ。

だけど……好きなことのための勉強って、びっくりするほど楽しかった。会社のために取りたくもない資格の勉強してたときと全っ然違う。

私が本当に楽しんでいるのがわかったのか、二人は微笑ましそうに見守ってくれた。

宝石の名前、歴史、産地、鑑定・鑑別の方法（鑑定はダイヤモンドにのみ使う言葉で、他の宝石に対しては鑑別というらしい）……学ぶだけでもこんなに楽しいなら、あいつの言葉なんて聞かずに夢を叶《かな》えればよかった！

『ジュエリーショップの店員？　そういうのってもっと美人がやることだろ、お前には似合わないって』

大学生のころから社会人数年目まで付き合い、婚約までした彼氏の言葉。

仮にも恋人に向ける言葉ではないだろうと思いつつも、まあそうかもなぁと納得もした。自分が宝石やジュエリーを売っている想像ができなかったのだ。

とはいえ、販売員以外にも宝石に関われる仕事はある。鑑定士とか、職人とか、ジュエリーデザイナーとか。

それを言ってみたら、あいつは一笑に付した。そういうのはもっと才能がある奴《やつ》とか、専門学校に行った奴がやる仕事だ、と。

それもまあ……わかる……！

言い方はともかくとしてごもっとも、と思った。当時はまだちゃんと好きだったこともあり、私は男に言われるがままにしがないＯＬの道に進んだ。

言われるがまま、といっても、あいつに責任を押しつけたいわけじゃない。そもそも自分が選んだ道だ。本当に宝石に関わる仕事に就きたかったのなら、その意志を貫けばよかっただけ。今が楽しすぎるから、なおさらそう思う。

そして、楽しすぎるからこそ……今世は宝石一筋で生きたいと思った。

恋愛とかもうこりごり。母さんと父さんのもとでもっともっと勉強して、宝石の力でいろんな人を幸せにするんだ！

――トントン、と軽やかなノックの音が聞こえた。どうぞと促すと、トレイを持った母さんが入ってくる。

「エマ、お茶にしない？」

運ばれてきたのはいい匂いのハーブティーと、見るからにおいしそうなクッキーだった。母さんが作ったクッキーだろう。

「わぁっ、ありがとう。ちょうどそろそろ休憩しようかなって思ってたんだ」

小さく歓声を上げて、いそいそと勉強道具を片づける。日本食に慣れ切った舌でも、この世界の食べものはおいしかった。私のような転生者（？）がいるくらいだし、昔この方面で活躍してくれた転生者がいるんじゃないかと睨《にら》んでいる。

まあやっぱり、日本食のほうがおいしかったというか、好みには合うんだけど……毎日食べても苦じゃないというのはありがたいことだな、と思うし、たまに食べるお菓子はご褒美だ。

母さんと向かい合わせに座ると、「召し上がれ」と言われる。これが食べていい合図だ。いただきますを言わない生活に、もうすっかり慣れてしまった。

ぱくんと一口で口に入れると、口の中にバターの風味がふわりと広がった。

「おいし～……！　さすが母さんのクッキー！」

少し甘めの味付けだが、これがハーブティーとすごく合うのだ。シンプルながら、いくらでも食べられてしまう組み合わせだ。

母さんに敬語を使わないことにも慣れた。というより、敬語を使うたびにあからさまに寂しそうにされるから、他のどんなことよりも早く慣れるように頑張った。

母さんはにこにことお礼を言って、自身もクッキーを口にする。

のんびりとしゃべりながらお茶をして、しばらくしたころだった。母さんの顔が、ふと真剣なものになった。

「エマ」

自然と背筋が伸びる。カップを置いて、母さんの目を見つめ返す――あっ、待って、私口の端にクッキーの食べかすついてるかも！

ほっぺたのちょっとした違和感に、そわそわしてしまう。い、今拭く雰囲気でもないし、ばれないことを願おう。

「実はね……」

重々しい口調でもったいぶった母さんは、やがてぱっと花が咲くように笑った。

「子どもができたの！」

「……えっ!?」

「もう本当に諦めてたのに……ちょっと前からもしかしたらとは思ってたんだけど、さすがにそろそろ確定じゃないかしらってジャスパーとも話してて！　きっとね、エマのおかげよ！　ありがとう、私たちの天使！」

いつになくハイテンションで、母さんは立ち上がって私を抱きしめた。やわらかい体に包まれて、わ、わっ、と慌てたような声が漏れてしまう。

――この世界の出産事情はまだよく知らない。今の口ぶりからして妊娠の検査をするような方法は、少なくとも庶民にはないんだろう。

現代日本よりも医学が進歩していないこの世界で、出産。それはどれだけ危険なことなのか……不安と心配でいっぱいになってしまったが、まずは何よりも、言わなくてはいけないことがある。

「お、おめでとう、母さん……！」

「ありがとう、エマ！」

ぎゅうぎゅう痛いくらいに抱きしめてくる強さから、母さんがどれだけ喜んでいるのかわかって私も嬉しくなった。

……ただ、少し……なんというか。寂しい、かもしれない。

母さんと父さんのことだから、実の子が生まれたからって私を冷遇する、なんてことは絶対にない。まだ数か月の付き合いだけど、それくらいはわかる。

でも、それでも、私だけ血の繋《つな》がりがないことは確かだ。

こんな吉報を聞いて、純粋に喜べないなんて……一度は成人までした人間なのに！

自分の情けなさに唇を噛《か》みしめていると、母さんが私の体を解放した。慌てて笑顔を取り繕う。

「それでね、エマ。これは本当は、ちゃんと無事に生まれてからお願いしたほうがいいことだと思うんだけど……あなたに、この子の名前をつけてほしいの」

優しい顔で、母さんはお腹《なか》にそっと手を当てた。

「……そんな大事なこと、私が決めていいの？」

「大事だからこそよ。私たちの大切な天使に、新しい天使の名前をつけてもらえるなんて、とっても素敵じゃない？」

それはきっと、本心なのだろうけど。

……私のためなんだろうなぁ、と思って、泣きそうになった。私が疎外感を感じないように。生まれてくる子を、心から可愛がれるように。

たぶん、父さんとも話し合って決めてくれたんだろう。母さんも、そして父さんも、本当に優しい人なのだ。

出そうになった涙をこらえきって、にこりと笑う。

「……ありがとう。とびっきり素敵な名前をつけるから！」

「ふふ、引き受けてくれるのね。こちらこそありがとう、エマ。楽しみにしてるわ。……でもその前に、ちゃんと説明しなくちゃいけないわね」

母さんは真剣な顔になって、易しい言葉で出産について教えてくれた。必ず生まれてくるわけじゃないこと、危険なこと。もしものときのためにたくさん思い出を作ろうね、という話。

五歳に見える子どもに話す内容ではなかったのだろうけど、それが母さんからもらった信頼のような気がして、少し不謹慎かもしれないけど……嬉しかった。


そうして次の春、可愛い可愛い——本当に世界一可愛い、女の子が産まれた。

一目見た瞬間愛しさで胸がいっぱいになった。

名前はアナベル。

『愛すべき』、私たちの可愛い子。

私にとってやっぱりティンカーベル・クォーツは特別だから、ベル、という愛称で呼べる名前にしたかった。ティンカーベルの愛称ならティンクかもしれないけど、ベルのほうが個人的に好きな響きだから。

母さんと父さんも、素敵な名前だねって言ってくれた。

「アナベル、ベル。元気に育ってね。大きくなってね」

ふにゃふにゃの命に、そうっと声をかける。その様子を、母さんたちは優しい微笑みで見守ってくれていた。

……この人たちと家族になれてよかったなぁ。

この世界に来てから何度目かになることを思って、私は目ににじんだ涙を拭った。


アナベルは無事にすくすくと育った。「お姉ちゃん！」と全力で慕ってくれるのが可愛くて仕方がない。

ありったけの愛情を注いでアナベルのお世話をしつつ、宝石の勉強もめいっぱいした。

鑑定や鑑別について引き続き学んだり、いろんなジュエリーを見て目を養って、自分でもデザインを描き起こしたり。将来はお店を任せることも考えてくれているのか、帳簿のつけ方や経営に関する経験、知識、なんだって教えてもらえた。

十五歳になるころには鑑別を任せてもらえるようになり、実際に商品にするジュエリーのデザイン案を出させてもらえるようにもなった。

この国、ディマン王国の成人年齢である十八歳を迎えたときには、実際に店頭に立ってお客様ともやりとりをするようになって……忙しいのに、もう毎日毎日楽しくてたまらない！

ああほんっとに、こんなに楽しいなら、前の人生でもジュエリーに関わる仕事しておけばよかった……！

後悔する時間ももったいなくて、私は日々せっせと勉強と仕事に励んだ。

そして私の十九歳の誕生日。

母さんがにっこりと笑って切り出した。

「あのね、エマ。そろそろ二号店を出してみないかって話をジャスパーとしてるんだけど——その店長を、エマにお願いできないかしら」

「……え？」

目を瞬いて呆然とした私より早く、アナベルが「わぁっ！」と歓声を上げた。

「すごいすごい、お姉ちゃんのお店!?　絶対素敵なお店になるよ！」

目をきらきらと輝かせるアナベルは、いつにも増してとびっきりの可愛さだ。

姉の贔屓目《ひいきめ》をなしにしても、彼女は美少女だった。

長い睫毛の下、パパラチアサファイアみたいなオレンジがかったピンク色の瞳。ぱっちりとしたそれは、いつだって楽しげにきらめいていて美しい。

鼻筋はすっと通っていて、小さめの唇は紅を引いていなくたって血色がよく、可憐な花弁のようだった。桜みたいな優しい色合いをしたふわふわの髪の毛は、私の硬い髪質とは大違い。

まるっきりファンタジーな配色がこれほど似合っているのは、一種の才能だろう。

私がまだ言葉を返せないでいるうちに、父さんが穏やかな声で続けた。

「エマはいつも頑張ってくれているだろう。俺もクロエも、君になら安心して任せられる」

「頑張り屋さんの娘で、私たちも本当に鼻が高いわ！　一年後、あなたの誕生日に開店できたら素敵だなって思ってるの。ね、どうかしら」

こてんと首をかしげる母さんと、静かに見つめてくる父さん、期待のこもった目で見てくるアナベル。

——今は私の誕生日会の最中だった。

誕生日、とは言っても、私がこの世界に生まれた日が正確にわかっているわけではない。だから母さんたちは毎年、私が二人に出会った日を誕生日としてお祝いしてくれていた。

クリームをたっぷり使ったお菓子を食べて、いつもより高価な紅茶を飲んで。三人から、気持ちのこもったプレゼントをもらうのだ。

それだけでも十分すぎるほど特別な日だったのに……そこにさらに、特別な意味をくれるんだ。

「っ……ありがとう。すっごく嬉しい。素敵なお店にできるように頑張るね」

胸がいっぱいになって、泣いてしまいそうだった。

この世界に来て一番の幸運は、間違いなくこの人たちと家族になれたことだ。

こんなに幸せでいいのかな。一度死んだからって、ちょっと幸せになりすぎじゃないだろうか。

「はいはい！　そしたらわたし、お姉ちゃんのお店のお手伝いしたい！　お母さん、わたしでもできることって何かある!?」

生徒のように手を挙げて、アナベルが母さんに訊く。

アナベルには魔力がない。魔力は必ず遺伝するものではなく、魔力持ちの庶民はそれなりに珍しかった。貴族や王族は基本的に皆魔力持ちらしいけど。王侯貴族の間でだけ伝わる、何か特別な方法があるのかもしれない。

ともかく、魔力がないと魔宝石の輝きを見ることはできず、当然魔宝石に直接関わる仕事もできないのだった。

アナベルの質問に、母さんは「そうねぇ」と頬に手を当てた。

「そしたら、会計士とかいいんじゃないかしら」

「かいけいし。……む、難しい？」

「ふふ、難しいわ。でもあなたはお姉ちゃんと同じでとっても頑張り屋さんだから、きっと大丈夫」

むむっと眉を寄せたアナベルは、しばらく考え込んだ後私を見た。

「お姉ちゃん、わたし、頑張るから！」

「……うん。ありがとう、ベル！」

思わずわしゃわしゃと頭を撫でたら、彼女は嬉しそうに声を上げて笑った。ほのかに赤く染まった頬が愛《いと》おしい。本当に可愛い妹だなぁ……。

体の年齢では五つ差だが、精神的な年齢で言えば当然もっと離れている。それもあってか、私たちは今まで一度だって喧嘩《けんか》もせず、ひたすら仲良く過ごしてきた。

精神的な歳の差も五つだったらここまで仲良くできたかわからないから、この不可思議な異世界転移に感謝することの一つだ。

「それじゃあ決まりね！　まだお店を出す場所も決めていないの。エマ、一緒にいろんなところを見て回りましょう。妥協はできないわ、あなたのお店なんだもの！」

ぱちん、と手を叩《たた》いて、母さんがやわらかく微笑む。

「店長になるなら、一年後までに魔宝石協会特別会員の資格を取る必要があるけど……」

「難しい試験だが、気負わずに臨めばすぐに合格できるだろう。君の実力は俺たちが一番よく知っている。不安に感じるようなことがあれば、君を信じる俺たちを信じてくれ」

「エマなら絶対大丈夫よ！　だってあなた、もう私よりも魔宝石に詳しいくらいだもの」

母さんが自信満々にウィンクする。

——二人の信頼を、重荷には感じなかった。

それだけ私も、二人のことを信じているから。

「ありがとう、二人とも。私絶対受かってみせるから！」

ぐっと拳を握る。

魔宝石協会特別会員の資格試験は年に一回で、今からだとおおよそ半年後。開店の準備をしながら試験勉強も、となると今まで以上に忙しいだろうけど、考えるだけでわくわくした。

だって、私の宝石店！

そんなの、心が躍らないわけがない。

どうしよう、どんなコンセプトにしようかな。一号店とまったく同じじゃつまらないけど、だからって違いすぎると二号店として出す意味もない。

その辺りは母さんや父さんと相談しながら決めよう。

ああそれから、デザインもできるだけたくさん考えとかなきゃ。あればあるだけいい。もしも最終的に全部没になったって成長には繋がるし、無駄にならない。

「ふふふ、お姉ちゃん楽しそう」

「え、あ、うん。すごい楽しみで……」

アナベルに笑われてしまって我に返る。はしゃいでいたのがばれて、ちょっと頬が熱くなった。

この子はどうにも、私が魔宝石のことではしゃいでいるところを見るのが好きらしいのだ。それ以外では大人っぽく見えるよう努めているから、こういう様が新鮮で面白いんだろうか。

まあ私だってベルがはしゃぐところを見るのは好きだから、お互い様なのだけど。

「エマ」

母さんが真面目な顔つきで名前を呼んできた。

「これからますます忙しくなるだろうけど、絶対に無理はしないこと。体が一番の資本なんだから」

「もし一年で準備が整わなくても、しばらくは俺が代理で店長をやってもいい。焦らずに取り組め」

「うん、ありがとう！　でも大丈夫だよ。全部楽しいから、無理にも感じないの」

「お姉ちゃんの大丈夫は信じられないからなぁ」

即座に返されたアナベルの言葉に、両親まで苦笑いする。

わ、私ってそんなに信頼がないのかな。

確かに二回……三回くらい、ちょっと無理をして体調を崩したことはある。過労死したころに比べたら全然無理をしていないつもりだったんだけど、そんなころと比べちゃだめか、とはさすがに学んだ。

「……気をつけます」

粛々と誓ったのだが、三人はそれでも少し心配そうだった。

それからの一年間、コンセプト決めや場所の選定、店舗デザインの依頼に始まり、資格勉強やデザイン出し、宝石の買い付け……開店準備に奔走した。

そして試験に無事合格し、その他の準備や調整も終えて。

二十歳《はたち》の誕生日、ついに私の宝石店が開店日を迎えた。


「――よし！」

床もショーウィンドウもぴかぴかにして、ふうっと一息つく。お疲れ様とでも労《ねぎら》うように、精霊が私の頭や頬を撫でるように飛んだ。

開店祝いで父さんから贈られた観葉植物は、アナベルが位置を調整している。真剣な顔で店全体のバランスを見て、何度も鉢植えの場所を変え、やがてくるっと私のほうを見た。

「お姉ちゃん、ここでいいかな？」

「ばっちり！　ありがとう、ベル」

「ふふふ、どういたしまして」

可憐に笑うアナベルが愛しくて、思わずぎゅーっと抱きしめてしまう。嬉しそうな笑い声を上げるアナベル。

そんな私たちを見て、店員の一人、ペランが呆《あき》れ顔《がお》をした。

「おまえら、もうすぐ開店時間だぞ。遊んでないで仕事しろ」

「……わたしは魔力ないから、このお店でお仕事できないんだけど」

アナベルがむっと唇を尖《とが》らせる。

「お姉ちゃんとわたしがぎゅってしてるのが羨ましいからって、意地悪な言葉選びしないでくれる？」

「はあ？　羨ましくなんかねぇよ」

「それにしてはすごい視線感じたけど？　素直になれない男の子ってダサいよね、お姉ちゃん」

「いや、店のど真ん中でやられたら嫌でも目に入んだろ。俺のほうが正論言ってるよな、エマ」

「う～ん」

二人の言い合いに、私は曖昧に微笑んだ。

ペランはわたしたちの幼馴染《おさななじみ》である。宝石店の近所に住んでいて、魔力持ち。

あれは確か、ベルが歩けるようになったころ……つまり私が大体六、七歳だったころ。同じ魔力持ちだし、年も近いし、ということでペランと引き合わされたのである。

私は正直、前世のアレのせいで男とはできるだけ近づきたくなかったのだけど、まあ、まだ小さな子どもだったし、魔宝石の話をしてわかってくれる友達も他にいなかった。（なんせ他の子は魔力を持っていないから、魔宝石のあの素晴らしい輝きが見えないのだ）

だから仕方なく付き合うようになり、次第にアナベルも含めて一緒に遊ぶようになって——現状、ちょっとややこしいことになっている。

「っていうか、おまえもこの後仕事だろ。別に言葉選び間違ってるわけじゃねーし」

「それはそうだけど……！」

「遅刻するぞ。やること終わったんならさっさと行け」

「お姉ちゃんのお店の開店日だよ!?　名残惜しいの！　もうちょっとくらいいてもいいでしょ！」

アナベルは基本的にものすごくいい子なのだが、ペランのことは目の敵にしている。なぜなら、ペランがわたしのことを好きだと勘違いしているから。

どうしてそんな勘違いを……？　と首をひねってしまうが、まあペランの態度が悪い。私とアナベルへの態度があまりに違うのだ。なぜなら、アナベルのことが好きだから。

私には素直なんだよなぁ、ペラン。

ベルの前でだけ、いっつもこう……。口が悪いのは私相手でも変わらないけど、根っこはお人よしだし、礼儀正しくすべきときにはちゃんとできるし。なのにどうしてこうなっちゃうかな。長年の謎だった。

最初は仕方なくの付き合いだったとはいえ、ペランは今では大事な幼馴染だ。アナベルはもちろん大事な妹。

大事な人同士、仲よくしてくれたら嬉しいんだけどな……。

とりあえずそろそろ止めておこう、とため息と共に口を開く。

「ベル。まだいていい、というか、いてほしいから落ち着いて」

「……うん」

むすっとしながらも、私の言うことなのでアナベルは素直にうなずく。

アナベルは刺繍《ししゅう》の仕事をしている。今日は午前中の早い時間だけお休みをもらったみたいだけど、この後仕事場に向かうのだ。

この国では義務教育なんてものはないので、庶民はある程度大きくなったら働きに出るか、職人などに弟子入りするか、という具合だった。一応教会で文字の読み書き程度は教えてもらえるけど。

アナベルは仕事の傍《かたわ》ら、以前母さんに勧められた会計士の資格を取るための勉強もしている。

健気《けなげ》すぎて胸が苦しい。私の妹が世界一愛しい。

会計士の資格は私も前に取ったが、私の場合、ある程度勉強に集中できる環境が整っていた。たぶん前世で言う公認会計士よりは単純な資格なのだけど、仕事をしながら勉強をする、となると相当大変そうだった。

「で、ペランもベルが可愛いからっていじめないの」

「いじめてねーだろ！」

「可愛いのは否定しなくていいんだ？」

ここで否定したら私がキレて、私をキレさせたことにアナベルが怒る、という面倒な事態になることをペランはよく知っている。

ぐっと言葉に詰まって睨んでくるのを、ふふんと笑ってやった。

とはいえペランは今十七歳。十八歳が成人のこの国で、まだ成人していない歳だ。外ではもう子ども扱いされない歳でもあるけど、私にとってはまだ子ども。そんな相手をからかいすぎるのもかわいそうなので、ここら辺でやめておこう。

ベルと軽くおしゃべりをしながら、店内の最終チェックを済ませる。

「エマさん、こちらの準備は終わりました」

「ありがとうございます、ノエルさん」

奥にある応接室は、ノエルさんが完璧に仕上げてくれていた。

……そう、いたんだよね、ノエルさん。

ノエルさんはどうも私たちが三人で仲よく（？）過ごしている時間が好きなようなので、気を遣って奥にこもってくれていたのだろう。

幼いころ、ノエルさんが両親の代わりに私やアナベルの面倒を見てくれることがよくあった。そして私たち二人とペランはセットのようなものなので、昔から三人まとめてお世話になることが多かったのだ。私たちが遊んだり話したりするのを見守ってくれて、時には勉強も教えてくれたし、ごはんやお菓子を作ってくれることもあった。

いつも穏やかだから、逆に感情がよく読めないところはある。それでも私たち三人を可愛がってくれているのは確か、だと思う。

ノエルさんはもともと一号店の店員だったけど、二号店の開店に伴い、こっちの副店長をしてくれることになった。めちゃくちゃ頼りになる方だ。

——この世界に来て、宝石の勉強を始めて十五年。

仕入れ、鑑定鑑別、デザイン、販売、必要であれば採掘まで自分でできる自信がある。

魔宝石協会特別会員の試験にだって、無事一発合格ができたのだ。

大昔就活中に未練がましく調べた……確か、ＦＧＡ？　宝石学の最難関資格みたいなやつだったら、正直私なんか受からないだろうと思っていた。

でもこの世界の試験は意外と簡単だった。筆記は全部記述式だったけど、覚えていることばかり出たので全問正解。

実技試験の鑑別は……とてつもない量の石を見させられたけど。偽物含めてどの石も魅力的で、うきうき見ているうちに全部終わってしまった。もっと見たかったくらいだ。

「お姉ちゃん、わたしもう行くね。お手伝いさせてくれてありがとう！」

「こっちこそありがとう、ベル。気をつけて行ってきて」

ベルを見送り、さて、と店の外を見る。

そろそろ今日二回目の鐘が鳴る。そしたら開店だ。

この世界にも時計はあるけど、庶民には普及していない。集会所や広場の大きな時計を見るか、一日に五回、正確な時間に鳴る教会の鐘で知る他なかった。貴族は腕時計までつけてるっぽいけどね。一応この店にも壁時計をかけてある。

たぶん文明的に、よく小説なんかで見かける中世ヨーロッパよりはかなり発展している。時代のくくりで言うと、近世のほうが近いんだろうか。

どちらにしろ、それでも現代に比べたら全然……という感じなのだ。大抵魔法でどうにかする技術はあるけど、それを普及できるほどの力はない。母さんたちが使ってた電話みたいな通信器も、相当な高級品だし。

視線をペランに向け、腰に手を当てる。

「ペラン、人前での君の所作は信頼してるけど、気を抜かないでね」

「ああ」

……………ベルがいないとほんと素直なんだよなぁ、この子。

扱うものが扱うものだから、十分大人の部類とはいえ、成人前のペランを雇うかどうかは実はかなり迷ったのだ。本人から希望を受けなければ考えもしなかったことだ。

ペランは貴族の家に使用人として奉公していたから、身分の高い人の前での振る舞いはすでに身につけているし、素直で勉強熱心な人柄もよく知っている。信頼が重要な職だし、ということで、二号店で働きたいという彼からの申し出を受け入れたのだ。

——鐘の音が聞こえてくる。

さすがに少し緊張しているのか、ペランが小さく深呼吸をしている。ノエルさんはいつもどおり、どこまでも冷静な佇《たたず》まいだ。……出会ってから十五年経《た》っても、見た目が変わってないのが不思議である。相変わらず性別も年齢も不詳な、ミステリアスな人だった。

外に設置した看板をひっくり返して、オープンにする。

そして誰に聞かせるわけでもなく、私は小さくつぶやいた。

「宝石店アステリズム。本日オープンしました」

アステリズム。スター効果、星彩効果とも言われる宝石の光の効果の一つだ。その効果が現れる宝石で一番有名なのは、スタールビーかもしれない。

星のような鮮烈な輝きは、言葉の響きの美しさと相まって、店名に使うのにぴったりだと思った。

一号店はイアスロエという名前だけど、二号店の名前は好きにつけていいと言われたとき、一番に思い浮かんだ。

——この世界で、宝石を見て楽しむ余裕がある人間はそう多くない。

でも星は誰でもその美しさを楽しめて、毎日だって見ることができる。遠いけれど、同時に近い存在だ。

この世界の人たちにとっての宝石が、もう少しだけでもそんな存在になってくれたらいいな、という願いも込めた。

看板を少しの間じっと見つめてから、私は店内に戻った。

何もかもぴかぴかで、宝石が置いていなくたって眩しいくらいだった。

だけどやっぱり、宝石が一番美しい。いろんな魔力が、風のように、光のように、雨のように舞っている。

今日から私は、この店の店長だ。

2 空想のエメラルド

二号店の売りは二つある。

まず一つ目、フルオーダーでのジュエリー販売。

一号店は既製品かセミオーダーのジュエリーしか販売していなかったから、もっと特別なジュエリーが欲しい貴族なんかに需要があるだろう。他にもフルオーダーを行なっている店はあるが、一号店で培ってきた信頼があれば十分戦える。

そして二つ目は、宝石を使った安価なアクセサリーや裸石《ルース》の販売だ。

少なくともこの国で、そんなものを売っている店はない。宝石といえば貴族のもので、宝石といえばジュエリーだ。

だけど私は、もっと多くの人に宝石の美しさを知ってもらいたい。知ってもらうだけじゃなくて、実際に手に入れられる、ささやかな日々の幸福にしてもらいたい。

とはいえそう上手《うま》くはいかないもので、開店から数日経《た》っても貴族のお客様しかやってこない。

一応、外から見える場所に安価なアクセサリーもいくつか置いてあるのだけど、やっぱり立地かな……。王都の中でもここは貴族のほうがよく通る通りだし、それ以外の方にはハードルが高いのかもしれない。

うぅ、でも治安を考えるとこの辺が限界だったんだよな。

あとは、安価なものは石の質がよくないからかもしれない。それでも十分綺麗《きれい》だし、小さいけど輝きはあるし、そりゃあインクルージョンとかヒビは目立つかもしれないけど……まるごと全部可愛《かわい》いのに……！

「エマー、カット終わっ……なに情けないツラしてんだい、店長がそんなんじゃ客も寄りつかなくなっちまうよ」

作業室から出てきて顔をしかめたのは、加工士のシャンタル。三十代後半くらいの快活な女性だ。一号店と二号店を掛け持ちしてくれている加工士である。

私がこの世界に来たときにはすでに一号店にいたので、かなり長いことうちで働いてくれている人だった。

「ごめんなさい、そんなひどい顔してた？」

思わず自分の顔にぺたぺたさわってしまう。

「少なくともあたしなら、そんな顔の店員がいる店で買い物なんかしないよ。……ほら、今日の分。確認してくれ」

「はぁい。ノエルさん、すみません、少し見てきます」

今日も店は私とノエルさん、ペランで回していた。今はペランが昼休憩中。他にも従業員はいるけど、メインで表に出るのは私たち三人だ。

加工士であるシャンタルの仕事は、主に宝石のカッティングとエンハンスメントだ。研磨や金属部分の加工もお任せしているし、私やノエルさんだけでは手が回らない作業も手伝ってもらっている。加工士とは言っても、もはやほとんどなんでもできる職人だった。

エンハンスメントというのは、宝石本来の美しさを引き出すための処理のこと。有名どころでいえば、サファイアやルビーへの加熱処理だろうか。宝石の中には加熱をすることで色をよくしたり、インクルージョンを減らしたりできるものがあるのだ。

もちろん、そんなことしなくたって元から美しいんだけど……！

通常の宝石とは異なり、魔宝石は魔法でしか加工ができない。私は繊細な魔法が苦手だから、加工はシャンタルに頼りっきりだった。

作業室に置いてある宝石を一通り確認して、うん、とうなずく。

「全部惚《ほ》れ惚《ぼ》れする出来！　ありがとう、シャンタル。さすがだね」

「ふふん、それは何より。じゃあ問題だ、これはもちろん全部成功なわけだけど、一番の大成功はどーれだ？」

悪戯《いたずら》っぽい顔で、シャンタルが笑う。シャンタルはたまにこういう問題を出してくれるんだよね。

どれどれ、と宝石に目を凝らす。魔力の流れを見て、色を見て、カッティングの出来栄えも見て、ついでに反則だけど、精霊に一番好かれている宝石を探す――というか、探さなくても自然とわかってしまう。それでもちゃんと、総合的に判断して答えを口にした。

「このエメラルドでしょ」

「正解」

「よし！」

エメラルドはインクルージョンの多い宝石だ。なるべく透明度が高く、インクルージョンのない石を仕入れてはいるが、それでもまったくインクルージョンがないエメラルドにはお目にかかったことがない。そもそもそういうエメラルドも、肉眼で見えないだけで確実にインクルージョンは存在するのだけど。

でも、肉眼で見えない、くらいのエメラルドでもものすごく希少なのだ。死ぬまでには見てみたいと思っている。

エメラルドには、基本的にオイル処理というエンハンスメントを施す。魔力をオイルに溶け込ませて、それにエメラルドを浸《つ》けるのだ。そうするとオイルが傷の隙間から内部に入り込み、傷を隠してくれるし、インクルージョンも目立たなくなる。

とはいえ、隠すというだけで実際にそこにあることに変わりはない。脆《もろ》いということもあって、エメラルドのカットは難しい。割れたり欠けたりしないよう、専用のカット……エメラルドカットが生まれたくらいには。

シャンタルの加工したエメラルドは、オイル処理のおかげもあって肉眼ではほとんどインクルージョンが見えなかった。魔力の感じからして必要最低限の処理だから、経年劣化することもほぼないだろう。

透明度が高く、色も鮮やか。それをあえてカボション・カットという丸いドーム状のカットにすることで、うるうる艶《つや》やかな可愛い光り方をしている。

魔力の光り方だって、まるで……ええっと、なんだっけ、もう前世の地名とかほとんど思い出せないんだよな……ウニ……ユ……？　とりあえず有名な塩湖があったと思うんだけど、その光景を閉じ込めたみたいな感じだった。

「めっちゃくちゃきれ〜!!　どうしようこれ、やっぱりリングかな、どーんと主役にして、この緑が映える地金はイエローゴールドだよねぇ、メレダイヤは外せないし、この存在感なら他のカラーストーン添えちゃってもいいかも、いやもったいないかな、でも小さいシトリンとか合いそう、絶対かっわいいな……」

「はいはい、その辺にしときな。午後は予約のお客さんが来るんだろ。頭冷やしとかないと」

「そ……そうだね！　失礼しました、ありがとう、シャンタル」

思わず興奮して早口になってしまった……。エメラルドから視線を逸《そ》らし、ついでに作業室からも退散することにする。

いつまで経っても、宝石の前では小さな子どものようにはしゃいでしまう。さすがにお客様の前だったら自重できるのだけど。

戻ってきていたペランと交代で昼休憩に出かけ、ぽかぽか暖かい広場でアナベルが作ってくれたサンドイッチを食べる。

一息ついてから店に戻りしばらくすると、ドアにつけたベルがカランコロンと来客を知らせた。

「いらっしゃいま――」

その人に視線を向けた途端、固まってしまった。

宝石、みたいな人だった。宝石そのものだと言われても納得してしまうくらい、圧倒的な美しさを持った人だった。

金色のさらりとした髪は、それほど明るくない室内だというのに天使の輪っかを作っていて。瞳はまるでサファイア――いや、この澄んだ青はアクアマリンか。カッティングをした宝石というわけでもないのに、なぜこんなに輝いて見えるんだろう。

荒れを知らなそうな肌、完璧にセッティングされた石と部品……いやいや、人間にそんな失礼な表現しちゃだめでしょう。落ち着け、私。

落ち着けとなだめても、湧き上がりそうになる心があった。

……これはたぶん、嫉妬だ。デザイナーの端くれとして、彼をこの世に生み出した存在に嫉妬してしまった。

それくらい美しい人だったのだ。

思考はきっと、三秒にも満たなかった。

「――失礼いたしました。いらっしゃいませ。ご予約のアチェールビ伯爵でいらっしゃいますか」

笑みを取り繕った私に、彼はまるで予想外の反応をされたとでも言いたげに瞬《まばた》きをした。たったそれだけで、その瞳《宝石》から魔力の光があふれ出てくるような錯覚が起こる。

が、意地でも顔には出さない。最初の失態を取り戻すためにも、彼のことはただひたすらにお客様として扱おう。

「……ああ」

薄い唇が開いて、声が響く。あ、生きてるんだ、と当たり前のことなのにびっくりしてしまいそうになった。

微笑《ほほえ》みを深め、「お待ちしておりました」と深々と頭を下げる。……いや失敗したな、もっと前に下げておくべきだった。

顔を上げるよう言われたので、応接室へとご案内する。

応接室は、フルオーダージュエリーを注文したい、とおっしゃる方からゆっくりご希望を聞くためにある。伯爵は今日、そういう旨の予約をしてくださっていたのだ。

ソファーに座った伯爵に促され、私も内心恐々と向かい側に座る。タイミングよく、ノエルさんが紅茶を給仕してくださった。そのまま一礼して、店のほうへと戻っていく。

「妹のためのイヤリングを注文させてほしい」

そう、アチェールビ伯爵は言った。

……させてほしい、なんて珍しい言い方をするお貴族様だな。

驚きを覚えながら、つい少し身を乗り出す。

この世界ではピアスが主流で、イヤリングはまだまだ歴史が浅かった。この注文に素晴らしい品を提供できれば、イヤリングがもっと普及して、耳飾りを楽しめる人が増えるかもしれない。

それに、『妹のため』だなんて。力の入ってしまう注文理由だった。

「石の大きさや色、種類、大まかなデザインなど、ご令妹様のご希望は何かございますか？」

「傷がなくて透明な、加工をしていないエメラルドがいいらしい」

は？　と言わなかったのを誰か褒めてほしい。たぶんノエルさんはあとで褒めてくれるはずだ。

………傷もインクルージョンもない、ノンオイル《無処理》エメラルド？

あまりの無理難題に顔が引きつらなかったのは、なかなかのプロ根性だったと思う。

む、無理だ。でも断りたくない！

思わずぎゅっと顔をしかめそうになるのを、私は必死にこらえた。

無理難題であることを説明して、きちんとご納得いただけるようであれば問題ない。けど、ご納得いただけず、悪評が流れでもしたら困る。開店直後の評判というのは後々に響くだろう。

一応、一つだけ手を思いつかないわけでもなかった。

だけどそれはちょっと……いや、かなりずるい行為だと個人的に思うから、できればやりたくないんだよなぁ。特別なジュエリーならともかく、一般のお客様へ商品として提供するのは……。

あまり黙り込むのも心証が悪いだろうと、私はひとまず問いを投げた。

「不躾《ぶしつけ》な質問で恐縮ですが、ご令妹様は宝石にお詳しいのでしょうか？」

宝石は宝石として、もともと美しいものだと思っている方は案外たくさんいる。傷もなく透明な無加工のエメラルドなんてわざわざ指定するのは、それなりに宝石について知っている証《あかし》だろう。

ただ、どこまで知っているかが問題だった。

たとえば同じくらいの透明度で、オイル処理を施したエメラルドとノンオイルエメラルドがあったとする。その場合、価値が高いのは当然ノンオイルのほうだ。

そういうことだけご存知《ぞんじ》で、しかしまったく傷がないノンオイルエメラルドなんて現実的に考えたら存在しない、ということをご存知なかったとしたら。……相手の性格によっては、納得してもらうのが難しいだろう。

偏見が混ざっているかもしれないが、貴族には性格に難ありな人が多いのだ。もっとも、庶民相手に『普通に』接する必要もない、と考えている人が多いだけかもしれないけれど。

「ああ、詳しいはずだ」

伯爵はあっさりとうなずいた。そして少し表情を曇らせる。

「やはり難しい要望なのか？　悪戯を企《たくら》んでいる顔をしていたから、何かあるとは思っていたんだが……」

な、なるほど。そこまで予想したうえでのご来店だったんだ。それなら、説明にもきちんと耳を傾けてくれそうだ。

私は背筋を正して、伯爵に向き直った。

「正直に申し上げまして、ご希望のエメラルドをご用意するのはほとんど不可能でございます。エメラルドは柔らかい石であり、傷はつきものです。また、透明な、と指定されているということは、中に含まれる内包物も存在しないものをご希望かと存じます。しかし、エメラルドは宝石の中でも特に内包物が多い宝石なのです。そのような傷や内包物を目立たなくするため、エメラルドには基本的にオイル処理と呼ばれる加工が施されております」

「ふむ……確かに妹の言ったことは、すべて難題らしい」

「オイル処理をしていないエメラルドであればすぐにお見せできますが、お持ちいたしますか？」

「ああ、頼む」

別室から、エメラルドのルースを保管した箱を持ってくる。その中でもわかりやすそうな数個を、ピンセットでトレイの上に並べた。

地属性の魔力が入り込みやすいエメラルドは、魔力の輝き方が安定していることが多い。シャンタルがカットしたエメラルドは少し特殊だったけど、基本的にはどっしりとした一定の光で、味わい深くて美しい。時折地脈に水が流れるように、勢いよく光が走るのもまた美しいものだった。

ちなみに魔力の属性には、主に火・風・水・地の四種類がある。特殊な属性としては光と闇も存在する。石によって馴染《なじ》みやすい魔力の属性は異なり、輝きにもそれぞれ個性が出るのだ。

「こちらの三つはオイル処理を施したものです。そしてこちらのみ、処理をしておりません」

「……美しく見えるが」

じっと見つめた伯爵が、怪訝《けげん》そうな顔をする。

まあ、そうだよね。裸眼で見ても美しく見えるレベルでなければ、ノンオイルのものを商品になんてできない。

なので私は、伯爵に低倍率のルーペを渡した。鑑定や検品に使う本格的なルーペだと、目とレンズ、石の距離がかなり近くなってしまって、慣れていないと扱いづらいのだ。

ルーペを覗《のぞ》き込《こ》み、伯爵は得心のいった声を出した。

「ああ、確かに。思ったよりも傷があるな」

「はい。しかし、エメラルドの中ではこれでも非常に少ないのです。オイル処理をしてあるほうもご覧ください。加工をしても、この程度の傷や内包物は残ります」

「……なるほど」

「ご令妹様がどの程度の傷のなさをお求めかは判断しかねますが……ルーペでもほとんど確認できない、というレベルのものでしたら、石の仕入れにお時間を頂戴することにはなりますが、見つかる可能性はございます。しかしもしも、ルーペで見たときにもまったく傷が見えないエメラルドをお求めの場合、ご用意するのは難しいかと存じます」

考えるような顔をした伯爵は、ルーペを置いた。

「あなたは先ほど、ほとんど不可能だと言っていたな。用意できる可能性も否定はできないのか？それとも、存在しないことを証明できないだけか？」

その鋭い問いよりも、『あなた』という呼び方に驚いてしまう。相手に敬意を払うような色が、そこには確かに宿っていた。

本当に育ちのいい貴族の方って、初対面の店員相手でもこんなふうに接してくれるのか……。見たところ、伯爵は私よりもいくつか年上である。年下の庶民、しかも女なんて、貴族の男性からすれば見下して当然、という風潮すらあるのに。

しかし呆《ほう》けている場合ではない。

まだまだ貴族相手の対応には粗が多いな、と反省しながら、頭を切り替える。

「現実的でない方法であれば、手に入る可能性も否定はできません」

「どんな方法だ？」

「……ドラゴンの体内でなら、傷一つないエメラルドが生まれるかもしれません。ですので、ドラゴンの巣を探せば見つかる可能性はございます」

この世界にはファンタジックな生き物が多数存在するが、その中でもドラゴンは一際そうだと思う。彼らは、数千年という途方もない時を生きている。その代わり繁殖力はほぼないのか、子どもはめったに産まれない。全世界で見ても、総数は両手で数えられるくらいだ。そういうところも、ファンタジーだなぁ、という感覚に拍車をかけていた。

ドラゴンの体の仕組みはいまだ解明されていない。

けれどごくまれに、その体内で宝石が生まれることはわかっている。膨大で良質な魔力をたっぷりと含んだ魔宝石は、インクルージョンが存在しないことが多いらしい。排出のされ方によっては欠けすら存在しないのだとか。

……そんな夢みたいな魔宝石、私だっていつかは見てみたいとずっと思ってきた。

「ドラゴンか。それは本当に、現実的ではないな」

伯爵が小さく苦笑する。

ドラゴンは凶暴で、縄張り意識も強い。

ドラゴンの巣に入ろうものなら、即座にブレスに焼かれるだろう。経験あふれる冒険者や傭兵《ようへい》が数十人がかりで戦って、ようやくわずかな足止めになるかならないかくらいだ。

魔宝石の採取のためにドラゴンの巣に赴くのは、まるで現実的ではない——のだけど。前述のとおり、一応私ならできないことはない。やりたくないだけで。

この物分かりのいい伯爵なら、きっとこれで引き下がってくださるだろう。代わりのジュエリーをいくつか提案して、妹さんが気に入ってくれることを願うしかない。

そんなふうに考えていたとき、伯爵が残念そうにつぶやくのを聞いてしまった。

「妹の我儘《わがまま》どおりのイヤリングを贈って、彼女がどんな反応をするのか見てみたかったんだが……」

………わ。

わかる!!

心の中で全力で同意する。

アナベルはあまり我儘を言わない子だけど、たまに言ってくれることもある。そういうときに我儘を叶《かな》えて、思う存分甘やかしてあげると、それはそれは幸せそうに笑ってくれるのだ。

その我儘が、今回のような無理難題だとして。それをどうにか叶えてあげたら、いったいどんな顔をしてくれるだろう?

想像するだけで心がときめいて仕方がない。妹というのは、そういう存在だ。たぶん伯爵も同じようなことを考えていたのだろう。

だとすれば、本当に無理だと悟った彼の落胆はどれほどのものか。

「さすがにドラゴンとなると無理だな。詳しく教えてくれてありがとう」

「いえっ、お待ちください!」

思わず待ったをかけていた。

詰め寄りかけた体を慌ててちゃんと椅子に収め、小さく咳払《せきばら》いをする。

同じく妹を愛する身として、ここで彼に諦めさせるのは忍びない。

「……実は、一つだけ手がないわけでもございません」

私の言葉に、伯爵は「ほう？」と興味深そうな顔をした。

伯爵に向け、端的に説明する。

「私は安全にドラゴンの巣に入る手段を持っております。そこにエメラルドの魔宝石があるかどうかは運次第ですが」

私は精霊に愛されている。そしてどういう因果関係か、魔力を持つ生物……いわゆる魔物にも好かれやすいのだった。魔力が多ければ多いほど、なぜか私を好きになる。

実のところ、すでにドラゴンの知り合いだっている。……いや、知り合いは言いすぎかな？　一回おしゃべりしただけだし。

ともかくそういうわけで、私はドラゴンの巣に安全に行くことができるのだ。

「しかし、最初からそれを言わなかった理由があるんじゃないか？」

「そうですね……。その、少々公にしづらい手段と申しますか……」

「……非合法的な手段を使ってまで欲しいとは思わないが」

「いえ、完全に合法ですから、ご心配はご不要です。あまりに便利すぎる手段ですので、もしも公になれば魔宝石界のバランスを崩しかねないという懸念が一つ。もう一つは、失礼かとは存じますが、単純にお値段の問題です。本来であれば発生する危険性や、その過度な良質さを考えますと、大きさによってはおそらく……個人での購入は、困難かと」

小さいものなら、まあ……。だとしても、個人への贈り物としては高価すぎる。そこを判断するのは私ではないけれど。

「ただ、あえてはっきりとした言葉を使わせていただきます。ご令妹様が当店のことを宣伝してくださるのであれば、お値段についてはなんとかいたしましょう」

この宝石のように美しい人の妹なのだ、彼女の美しさだって相当だろう。

利用するようで……というより本当に利用する形で気が引けるが、もしもそんな人が協力してくださるのであれば、その宣伝効果はきっと計り知れない。

「ドラゴンのエメラルドを見つけた暁には、必ずご令妹様にご満足いただけるイヤリングを作り上げるとお約束いたします。ご購入くださるかどうかは、現物を見てから判断していただいて構いません」

貴族相手に、かなり失礼な商談をしている。緊張と不安で、心臓がばくばくしていた。

この人なら大丈夫そう、と思ったけど、怒らせちゃったらどうしよう……。

きっと硬い表情をしているであろう私を、伯爵は探るようにじっと見つめてきた。

「一つ訊《き》きたい。あなたが心変わりをした理由は？　最初はそんな提案をするつもりはなかったんだろう」

うっ、私情すぎるから本当は言いたくなかったんだけど……訊かれてしまったら仕方ない。

私は伯爵の目をまっすぐに見つめ返して、慎重に答えた。

「私にも、愛する妹がおります。無理難題な我儘を叶えたとき、彼女がどんな反応をするか。そう想像したら、他人事《ひとごと》には思えなくなってしまいまして……」

「……そうか」

ふっと、伯爵はおかしそうに笑った。やわらかな笑みだった。

ゆるりと細められたアクアマリンに魅入られそうになって、つい目を逸らしてしまう。

あんまり表情豊かじゃないからこそ、ちょっとの動きが心臓に悪い人だ。仕事中なのにどぎまぎしてしまって情けないな……。

これは決して、ときめきというわけではない。単純に、美しすぎてびっくりしてしまうのだ。宝石に見惚《みと》れる気持ちと完全に一致しているので、それもまた申し訳なかった。

気を取り直して、再び目を合わせる。

「理由にご納得いただけたのであれば、いかがでしょうか。私の提案を受けていただけますか？」

「ああ。きっとあなたなら、素晴らしいイヤリングを作り上げてくれるだろう」

「ええ、きっと。これだけ自信満々に申し上げて、そもそものエメラルドを見つけられなかった場合が恐ろしい限りですが」

「その場合は気長に待つさ。妹が忘れたころに贈るのも面白そうだ」

ところで、と伯爵が小首をかしげる。

「この辺りのドラゴンというと、ミュルアン山脈のドラゴンだろうか？」

「はい。そこで見つからなかった場合、もう少し遠出もしてみます」

現在把握されているドラゴンの縄張りで、日帰りできるほど近いのはそこくらいだ。日帰りと言っても、だいぶぎりぎりの距離だけど。

他のドラゴンの縄張りにまで行く場合、野営を交えての移動が必要になる。……正直、大分避けたかった。

「差し支えなければ、私も同行していいだろうか」

「……えっ」

素で驚いた声が出てしまったが、伯爵は気にする様子もなく続けた。

「ドラゴンの巣に興味がある。道中の護衛として同行させてもらえないか？　こう見えて、剣の腕には自信がある。もう数人、口の堅い信頼できる傭兵もつけよう。あなたが隠したいことを広めるつもりはない」

「い、いえ……！　そんな、伯爵に護衛をさせるわけにはまいりません！」

ぶんぶんと勢いよく首を横に振る。

傭兵をつけてくれる、というのも普段なら非常にありがたい申し出だけど、今回ばかりは頼れない。この人なら信頼できる、と自分で決めた人でなければ。

「私のほうから願い出ていてもか？　どうしても無理なら諦めるが……エメラルドの採取に私も関わったと言ったほうが、妹は喜ぶだろうな」

どこかわざとらしく、窺《うかが》うように視線が動かされる。

……妹さんの話出しておけば私がほだされるとか思ってません？

実際、彼の言うことは事実だろう。だからと言って、この申し出を受ける理由には足りない。彼の身の安全が保障できなければ――

「転移魔法の使用資格も持っているから、何かあればすぐに帰ることもできる」

「………」

転移魔法は、使うのに資格が必要な魔法の一つだ。世界各地に転移のポイントとなる建物が設置されており、それを利用して一瞬で移動することができる。

つまり、移動時間を大幅に短縮できる可能性がある。私は転移魔法の適性がそもそもないから、転移ポイントがどこにあるか把握していないけど……。

ちなみにこの魔法で国境を越えるのは禁止されている。詳しくはないが、他にもいくつか禁止事項があったはずだ。そういう部分が、資格を求められる要因でもあるんだろう。

移動時間を大幅に短縮できるのは、とても魅力的だ。私の体質上そうないとは思うが、危険な状況に陥りそうになったときにすぐに逃げることもできるだろう。

「――わかりました」

しぶしぶ、了承を伝える。

「ですが、傭兵はこちらで一人だけ用意するのみとさせていただきます。人数に不安を覚えるようでしたら、ご同行はご遠慮ください」

「それで問題ない」

「……最低人数で行きたいので、御者もつけません。私も傭兵も、あまり馬の扱いがうまくはないのですが……」

「私もそれなりには操縦できる。慣れているとは言いがたいが」

「……ご自身が危険だと判断したら、あるいは私か傭兵が必要だと判断した際には、すぐに転移魔法をお使いいただけますか？」

「ああ、約束する」

何を言ってもついてくる気満々、という感じだ。意外と強引なんだな、この人……。

まあ、ドラゴンの巣なんて、普通に生きていたらまずお目にかかれない。安全に行ける方法があるのなら、気になる人は多いだろう。

「出発はいつにする？」

「護衛を頼むつもりの傭兵の予定が空いているかにもよりますが……三日後のご都合はいかがでしょうか？」

そこから簡単な打ち合わせを行ない、伯爵は満足した様子で帰っていった。それに比べて私はへとへとである。精神的に疲れた……。随分と親しみやすい方だったけど、普段しないような交渉とかまでしたせいか。

でも今日のうちに、大まかなデザイン案はいくつか出してしまおうかな。妹さんはあまり華美なデザインは好まない、髪色と瞳の色は伯爵と同じ、という情報しか今日は得られなかったから、細かく詰められはしないけど。次にお会いするときには、イヤリングのデザインの細かな希望をお聞きする約束をした。

お見送りで店の外にまで出ていたので、店内に戻ろうとドアノブに手をかけたとき——ショーウインドウを覗き込んでいた少女と、目が合った。

目が合った途端、少女はびくんと弾《はじ》かれたように体を跳ねさせ、目をまんまるにする。

年のころは十歳か、もう少しだけ上くらいだろうか。随分と可愛らしいお客様で、自然と口元がほころんでしまった。

「いらっしゃいませ。何かお探しですか？」

腰を曲げ、少女と目線の高さを合わせる。

彼女が覗いていたのは、安価なアクセサリーを並べたショーウィンドウだった。

とはいっても一般市民には贅沢品《ぜいたくひん》だから、今日この日まで、立ち止まってまで見てくれる人はいなかった。私が見ていないときにはいたのかもしれないけれど。

少女はびくびくとした様子で首を横に振った。

「い、いいえ。きれいだなって、見てただけです」

「ありがとうございます。もしよければ、中に入ってゆっくり見ますか？」

敬語表現は伝わらないかもしれないので、易しい言葉遣いを心がける。

「……大丈夫です。欲しくなっちゃうと、困るので」

少女はしょんぼりと眉を下げる。そんな顔をされると、無理強いはできなかった。

うーん……せっかく興味を持ってくれたのだし、何か記念となるようなことをしてあげたい。

宝石の小さな欠片《かけら》をあげるくらいなら、トラブルにもならなそうだけど……。この子がそれに魅力を感じてくれるかわからない。

いや、わからないなら、直接確認してみるほうがいいか。

「お客様、お好きな色はなんでしょうか？」

「えっと……？　黄色が好きです」

「わかりました。少し待っていてくださいね」

足早に店内に戻り、作業室に飛び込む。

「シャンタル、急にごめん、さざれ石ちょうだい！」

「うわっ、びっくりした！　さざれ石ならその辺にまとめてあるけど」

お礼を言って、さっとその石たちに目を走らせる。黄色。今ある中で一番綺麗なのは……シトリンかなぁ。

さざれ石というのは、商品にならない捨てる石のこと。カッティングの際に出る小さな破片とか、そういうやつだ。くず石と言うほうが一般的だが、石に対して『くず』という言葉は使いたくなくて、うちの店ではさざれ石と呼ぶようにしている。

「このシトリン、怪我しないくらいに研磨してもらってもいい？　今すぐ！　小さなお客様にプレゼントしたいの」

「はは、なんだ、そういうこと？　任せな、すぐに仕上げてやるから」

頼もしく笑って、シャンタルは超特急で仕上げてくれた。

つるり、つやつやした小さなシトリンを簡単なケースに入れて、少女のもとに急いで戻る。

「お待たせいたしました。お客様、もしよろしければ、こちらお持ち帰りになりませんか？」

ケースを開いてシトリンを見せる。小さなお客様の目が、きらきらと輝いていくのがわかった。

よかった、気に入ってくれたみたいだ……。

「い、いいんですか？　どうして？」

興奮して上ずった声が、とても可愛らしい。つい笑みをこぼしながら、私は彼女の問いに答えた。

「当店を見つけてくださったお礼です。嬉《うれ》しかったので、ぜひ何かお渡ししたくて。でも、他の皆さんには内緒にしてくださいね。お客様にだけの、特別なプレゼントです」

「わぁぁ、ありがとうございます！　大事にします。内緒にします、ぜったい！　あ、でも、お母さんには言ってもいいですか……？」

「どういたしまして。はい、お母様になら言ってもいいですよ」

ありがとうございます、ともう一度少女は笑った。あまりの輝かしさに、目を細めてしまう。

今世はこの顔を見るために生きている、と言っても過言じゃない……！

やっぱり宝石も、その宝石を見て喜ぶ人間の顔も、等しく美しい。

少女は受け取ったシトリンを嬉しそうに見て、それからショーケースにちらりと視線を移し、何かを悩むような顔をした。そして緊張の面持ちで、おもむろに口を開いた。

「……あの。お金を貯《た》めてくるので、あのピンクのペンダント、取っておいてくれたりしますか？」

予想外のご依頼に、「もちろんです！」と大きい声が出てしまった。

少女が指差したのは、ピンクトルマリンのペンダント。小さな石は色味が薄く、インクルージョンも多いが、むしろそれが魅力的に見えるようにカットしてもらった。

「どなたかへのプレゼントですか？」

「お母さんにあげたいなって……。もうちょっとでお誕生日なんです」

「それはとっても素敵ですね！　きっとお母様も喜ぶと思います」

「えへへ……そうだといいな。もともとちょっとずつ貯めてたので、お誕生日までには買いにこれると思います」

少女は照れくさそうにはにかむ。そしてふと視線を下げ、口元を気まずそうに動かしてから、そうっと私を見上げてきた。

「……最初、見てただけって嘘《うそ》ついちゃってごめんなさい」

「いいえ。急に話しかけられたら、びっくりしてしまいますよね。こちらこそごめんなさい。お詫《わ》びに、あのペンダントはとびきり可愛くラッピングしておきますね」

「ありがとうございます！」

去っていく少女を「お気をつけてお帰りください」と見送って、今度こそ店内に戻る。

私が声をかけなくても、シトリンをあげなくても、あの子はお母さんへのプレゼントを買いにきてくれたかもしれない。だけどやっぱり、さっきの笑顔を思い出すと、あの子自身に美しいものをあげることができてよかったな、と思った。

気分はすっかりリフレッシュしていた。これならデザイン案もうまく湧いてきそう。

今日はもう予約のお客様もいないし、お店は一旦ノエルさんとペランに任せて、デザインに集中しようかな。

三日後、ドラゴンの巣へ予定どおり行くことになった。

伯爵と共に馬車を借り、集合場所へ向かえば、護衛を頼んだ傭兵――ターニャはすでにそこにいた。特殊な採掘に赴く際、私はいつも彼女に護衛をお願いしていた。実力が確かだし、同い年だから気安くて助かるのだ。

褐色のすらりとした長身は、いつ見ても美しくて格好《かっこ》いい。本人は少しコンプレックスに思っているようだけど。

「アチェールビ伯爵。こちらは本日護衛を依頼したターニャという者です」

「……どうも」

ターニャが軽く頭を下げると、一つに結わえられたブルネットが揺れる。

「今日はよろしく頼む」

侮るような顔も一切見せず、それどころか伯爵は彼女に右手を差し出した。

ターニャはそれをぽかんと見つめ、握手を求められていることに気づくとぎょっと目を見開いた。

次いで、焦ったように私のほうを見てくる。

彼女は寡黙だが、表情はものすごく豊かだ。そういうところが可愛いと思う。

「ターニャ、大丈夫。握手してさしあげて」

促すと、ターニャはおっかなびっくり握手に応じた。警戒する猫みたいだった。

伯爵はその手を離してから、ふと何かに気づいたように私に顔を向けた。

「そういえば、あなたの名前をまだ聞いていなかった。こうして店の外で関わるなら支障も出るだろう。教えてもらえるか？」

「ああ、気が回らず申し訳ございません。エマと申します」

「ありがとう。エマもターニャも、今日はそうかしこまらなくて構わない。咎《とが》める者もいないからな。私のことはフェリシアンと呼んでくれ」

ターニャは、そうは言われても、という困った顔をした。私もたぶん、同じ感情がうっすら顔に出てしまっていると思う。

伯爵相手に名前で呼ぶなんて恐れ多いというか、抵抗感がすごい。

「……フェリシアンさんでもいい」

そして妥協のようにそう続けるってことは、もしかして呼び捨てを求められてた？　さすがに無理でしょう。

返答に窮しているうちに、ターニャがこくんとうなずいた。

「わかった」

「ターニャ!?」

「どうせあたしが呼ぶ機会はない」

ず、ずるい……。ターニャは私の名前を呼ぶこともほとんどないから、確かにそのとおりなんだろうけど。

お客様の要望には応えるべき？　嫌ってわけじゃないから、伯爵が気にしないならいいんだろうけど……。貴族を……そんな親しげに呼ぶの……？　一応了承したうえで名前を呼ばずに接することもできるだろうけど、こんな会話をした以上、すぐにばれてしまうに違いない。

「まあ、呼べたらでいい。口調のほうは少し崩してもらえたら助かるが」

私があまりにも困って見えたのか、さらに妥協させてしまった。も、申し訳ない……。

ここまで妥協していただいたからには、応えなければならないだろう。きりっと表情を引きしめてうなずく。

「かしこ……わかりました。一日だけとはいえ一緒に旅をするんですから、意思疎通は少しでもしやすいほうがいいですもんね」

「ああ。では、出発するか」

「ええ、道中、デザインの相談もさせてください。妹さんの好みはより詳細に確認してきてくださったんですよね？」

ミュルアン山脈に向け、三人で出発する。御者は私とターニャで交代制、操縦にあまりに難ありだった場合には伯爵が代わる、ということで話がまとまった。

最初はターニャに操縦してもらうことにして、伯爵とキャビンに乗り込む。

「馬車に乗るのは久しぶりだな」

「確かに、貴族での主流は魔法車だと聞きます」

魔法車というのはその名のとおり、馬ではなく魔力を動力として走る車だ。見た目としては、馬のいない馬車とそう変わらない。

非常に高価だが、馬車より圧倒的に揺れが少なく、スピードのコントロールも簡単らしい。いいな……。

馬車の揺れは苦手だ。お尻が痛くなるし、何より気を抜いたら酔う。

町の近くは魔物がいないが、もうしばらくしたらちらほら出始めるだろう。好かれるとはいえ、危険がないわけでもないから警戒はしなければいけない。そっとしておいてあげようとばかりに遠くから見守ってくれる魔物もいれば、甘えにくる魔物もいるし、好きだからこそ食べたい、自分のものにしたいと思う魔物もいるのだ。

一応ドラゴンも魔物の一種ではあるけど、知能が高い魔物は……なんていうんだろう、孫みたいな可愛がり方をしてくれるとでも言えばいいんだろうか。

そんな多種多様な好かれ方をするので、ドラゴンの巣自体は他の魔物が存在しないから安全でも、道中はそうもいかないのだった。なぜか見守り型の魔物が多いから、そこは助かるのだけど。

ターニャが無言で哨戒《しょうかい》し、私たちも話しながら警戒を続ける。

草原をしばらく走って、森に入った。そろそろ御者を交代しようかと思ったが、断られた。打ち合わせが終わっていなかったから、気遣ってくれたのだろう。

妹さん――セレスティーヌ様は、それほどジュエリーのデザインにこだわりがないようだった。あまり多くの種類の石を使わず、メインの石が引き立つデザインであれば何でもいいのだとか。

では他に好きなものは、とモチーフのヒントになりそうなものを訊けば、よどみなく答えが返ってくる。

「花や蝶《ちょう》、月、星、羽、リボン、とにかく可愛いものや美しいものは何でも好きな子だよ。ああ、果物も好きだな。音楽や絵画も好きだし、乗馬も好きで、小動物だけでなく雄々しい生き物も好きだ。本、とりわけ恋愛小説を好んでいるし、劇もよく観《み》に行っている。あとは、そうだな。甘いものが好きで、自分でも菓子作りをすることがある」

「すみません、多すぎてヒントになりません！」

まだ続きそうなのは察していたが、伯爵が一呼吸ついたところでストップをかけてしまった。私だって、アナベルの好きなものを挙げろと言われたらこの勢いになる。私の質問が悪かった……。

伯爵はばつが悪そうな顔をした。

「すまない、言いすぎたか。だが、そうだな……特にこれが好き、と特別扱いしているものは宝石以外にない気がする」

「……ちなみに、はくしゃ……フェリシアン、さん、は」

おや、というふうに彼は目を瞬いた。

絞り出してはみたものの、やっぱり言いづらい。だけどどこか嬉しげな様子を見てしまうと、元の呼び名に戻すのが少しかわいそうにも思えた。

……うん、仕方ない。一度呼んでしまったんだし、呼び続けよう。イヤリングが出来上がるまでのお付き合いなのだし……いや、もしかしたら常連になってくれる可能性も？　ま、まあ、呼び続けていればいずれ慣れるよね。

心の中で自分をそう納得させてから、言葉を続ける。

「エメラルドが用意できたとして、それをセレスティーヌ様に初めて伝えるのは、完成したイヤリングを見せるときがいいですか？」

「できればそうだな。そのほうが驚いてくれるだろうし、喜んでもくれるだろう」

「ですよね……。となるとやっぱり、ご本人にデザインの希望を訊くのは何かを察せられてしまう可能性がありますし、避けたほうがいいですね」

本当に難しい依頼だな……。

ドラゴンの巣から帰ったら、セレスティーヌ様の写真を見せてもらえないだろうか。たぶん貴族なら写真機を持っているだろうし、ご本人の姿を見ればアイディアが湧くかもしれない。一応、フェリシアンさんから聞き出したお好きなものも一通り頭に入れておこう。あと他にできること、考えられることは……。

うーん、と唸《うな》っていると、馬車が止まった。

「警戒を」

御者台からターニャが鋭い声を上げる。

目視できる距離に魔物はいな――いや、熊型の魔物がこっちを見ている。おそらくアンバーベアという、地属性魔力を持った魔物だ。

これは……どっちだ!?　友好的なほうか……!?

そこの見極めはターニャが得意なので、私は息をひそめて様子を窺いながら、キャビンを出た。ターニャが戦うのなら、馬が怯《おび》えないよう私がなだめなければ。

一緒に外に出たフェリシアンさんも、まずはターニャの実力を見極めたいのか、腰の剣をいつでも抜けるようにしながらも、彼女の出方を見ているようだった。

——ダッ、と軽やかにターニャが駆け出す。

その軽やかさとは裏腹に、彼女の武器は大剣だ。

最初に彼女が大剣を振り回しているところを見たときは、その細腕のどこにそんな力が!? と唖《あ》然《ぜん》としてしまったものだ。しっかりしなやかな筋肉はついているのだけど、それにしたって理解しがたい。

ターニャの動きに、アンバーベアが吠《ほ》えるように鳴いた。意外と高めのその声は人間の叫び声のようにも聞こえて、ぞわっと鳥肌が立った。手綱を握って、なんとか馬が暴れないようにする。

アンバーベア目掛けて、思い切り振り下ろされる大剣。かろうじて避けた魔物にさらに一振り二振り、ターニャは大剣とは思えない速度で猛攻する。

「……えいっ！」

ちょっと気の抜ける声が聞こえた瞬間、私は反射的に目を閉じてしまった。ターニャがこういう声を上げるとき、大抵頭をぐちゃっと潰すグロい殺し方をするんだ……！

断末魔の叫びを上げる余裕もなかったようで、アンバーベアの体がどすんと地に倒れる音が聞こえた。

魔物は死んだら、地に返るように消えていく。そろそろ大丈夫かな、というところでそうっと目を開けてみた。

「終わった」

ふう、と息をつきながら、ターニャは淡々と告げた。

「いつもありがとう、ターニャ……。最後まで戦闘見てられなくてごめん」

大丈夫、と言うようにターニャはにこっと笑ってうなずいた。

「見事な腕だ。魔物の群れにでも遭遇しない限り、私の出番はなさそうだな」

「うん。魔法も使えるから、五体くらいは余裕だ」

「それは頼りになる」

ふふん、とターニャは得意げだ。

ターニャはもちろん貴族ではないが、魔力を持っている。けれど魔物一、二体相手だと魔法を使わないほうが楽なのだと、以前話していた。魔法を使った戦闘は脳の疲弊がすごいのだとか。アンバーベアを大剣だけで倒したのはそういうわけだろう。

フェリシアンさんはアンバーベアが消えていった地面を見つめ、辺りを見回し。それからちらりと私を見た。

「……しかし、魔物との遭遇率が異様に低いな。きみが隠したかったことに関係が？」

あ、『あなた』から『きみ』になった。フェリシアンさんも少し砕けたしゃべり方をしてくれている……のか？

同行を許した時点で、この秘密を明かさなければいけないことは決定事項だった。訊かれてしまったことだし、そろそろ話しておくべきだろう。

「そうですね。私、実は……ものすごく精霊に愛されていて。それに関係があるのかはわからないんですが、魔物にも好かれるんです。襲ってくる魔物は少ないと思いますよ。ドラゴンみたいに知能の高い魔物だったら、もう猫可愛がりされます」

「それは……」

フェリシアンさんが絶句した。

「……確かに、隠しておきたくもなるな」

「でしょう？」

「ドラゴンに猫可愛がりされたことがあるのか？」

「一度。今から会いにいくドラゴンとは別のドラゴンですが、私の噂《うわさ》を精霊から聞きつけて、わざわざ会いにきたんですよ。いろんな宝石を落として、私を誘い出して！」

ヘンゼルとグレーテルのパンくずよろしく、点々と良質な宝石が落ちているのを見つけたときは夢かと思った。夢かと思ったから、普通にそれを拾い続けて町外れまでおびき出されてしまったのだ。

そりゃあ、会うなら他に人間のいないところじゃないとだめだというのはわかるけど。もっと何かなかったのかな、という釈然としない気持ちはいまだに残っている。

なんか私がすごい単純で馬鹿みたいだ……。宝石を前にすると、少なからずそうなるのは事実としても！

「その宝石を全部くれようとしたんですけど、さすがにハイクオリティすぎて、恐ろしくて断りました。そしたら他に欲しいものがないかって訊かれまして……特にないですと答えたら、しょんぼりしてしまいました。それならしばらくおしゃべりしましょうって言ったら、喜んでいろいろとお話ししてくれたんです。なんていうか、優しいおじいちゃんって感じでした」

その言い方がおかしかったのか、フェリシアンさんはふふっと小さく笑った。

……ほんっとうに美しいな、この人。新鮮に惚れ惚れとしてしまう。

セレスティーヌ様のお姿を見るのが楽しみだ。見たらきっとアイディアが止まらなくなるに違いない。


幸い、魔物の大きな群れと出くわすこともなくミュルアン山脈に辿《たど》り着《つ》いた。

この山脈のどこにドラゴンの巣があるかまでは定かではないが、すぐに見つけられるだろうという確信があった。なぜならドラゴンは、相当精霊に近い存在なので。

『――だぁれ？』

少し幼さの残る声が、頭に響くようにして聞こえた。ターニャは目を丸くして、フェリシアンさんは警戒するように表情を引きしめる。

やがて、音が聞こえてきた。何かが風を打つ音――翼をはためかせる音。

ぬっ、と大きな影が落ちてくる。

見上げれば、以前会ったドラゴンより小柄な、美しいエメラルドグリーンのドラゴンがこちらに向かって飛んでくるところだった。

たぶん私の何かを感知して出てきてくれるだろうとは思っていたけど、想定以上に早い。

地震のような揺れと共に着地して、ドラゴンは巨体に似合わずつぶらな瞳で私をじっと見る。

『……あっ、わかった、おじいちゃんが言ってた子だ！　僕にも会いにきてくれたの？』

……おじいちゃん。

フェリシアンさんに冗談のように言った言葉が頭によみがえる。

ドラゴンってもしかして、数が少ないからこそ同族内でちゃんと連絡とか取り合うタイプ？

『確か名前は……なんだっけ。教えて？　僕は緑のって呼ばれてるよ』

「私はエマ。こっちは……私のお友達の、ターニャとフェリシアンさんだよ」

幼い声につられてか、子どもに対するような口調になってしまう。

『エマ！　今日はどうしたの？　おしゃべりしてくれるの？』

「おしゃべり……もしたいんだけど、探したいものがあって。あなたの鱗《うろこ》みたいに、とっても綺麗なエメラルドを探したいんだ」

『うーん……あったかな？　おうちに落ちてるかも。小さい探し物は苦手だから、エマが探していいよ。案内する！』

「ありがとう！　あ、この二人も入って平気かな？」

『……やだけど、僕我慢できるよ』

拗《す》ねた言い方に苦笑いしながら、「ごめんね、お願いします」と頼み込む。

ドラゴンの後を私が追いかけ、さらにその後をターニャとフェリシアンさんがついてくる形となった。ドラゴンは私を背中に乗せたかったみたいだけど、二人を置いていくことになりそうだから断った。

随分とおしゃべりなドラゴンで、巣に着くまでの間だけでも、とりとめもなくいろんなことを訊かれた。好きな食べものは、とか、『仕事』っていうのをしてるの？　とか、なんでエメラルドを探してるの、とか。

次第に、精霊の数が目に見えて多くなってきた。

ふわふわひらひら、鮮やかな緑色の光が、ドラゴンの体を悪戯のように撫《な》でる。彼はくすぐったそうに、笑いのような息を漏らした。そういえば前に会ったドラゴンも、精霊に対してこんな反応してたな。

「……さっき言ってたおじいちゃんって、赤いドラゴンのことだよね？　私の話、どんなふうに聞いてたの？」

『傍《そば》にいるだけで、なんだか楽しくって幸せな気持ちになるって！　おじいちゃんはね、精霊から聞いたみたいなんだけど、ほんとだったよって笑ってた』

つまり精霊も、私の周りにいるとそういう気持ちになるのかな。この光に、そんなにはっきりした意識があるのかわからないけど……。

「確かにあのドラゴン、精霊から噂を聞いたって言ってた。私は精霊の声って聞いたことないんだけど、ドラゴンは精霊と話せるの？」

『うん！　精霊はね、しゃべれないんだ。でもなんとなく、こういうこと言いたいんだなーってわかるの』

「それじゃあ……私の周りにいつもいる精霊が、何を思ってるかわかる？」

うんとね、とドラゴンはじいっと私を見つめた。

『……エマと一緒にいれて嬉しいな～って思ってるよ！』

「そ、そうなんだ……やっぱりそういう感じなんだね。教えてくれてありがとう」

半ば予想していたこととはいえ、本当にそうだと言われると戸惑ってしまう。戸惑うというか、なんだかちょっと照れるというか。よくわからないものからでも、純粋な好意を向けられるとくすぐったいものなんだな。

私がドラゴンとそんな話をしている間、ターニャもフェリシアンさんも黙ったままついてくる。万が一にもドラゴンの気を損ねないようにだろうか。

二人も含めて和やかに話せればいいんだけど、さっきのドラゴンの反応的に、彼が好意的なのは私に対してだけみたいだからなぁ。

『じゃじゃーん！　着いたよ』

そう言ってドラゴンが立ち止まったところは、いかにも巣、という感じだった。木の枝や花、葉っぱ、石など、自然のものを組み上げ、巨体を休めるのに居心地のよさそうな空間になっている。

ぱっと見ただけでも、そこかしこから魔宝石が発しているだろう魔力の輝きがわかって、思わずごくりとつばを呑《の》み込《こ》む。きっと今、私の瞳はいまだかつてないほどに輝いているだろう。

「こ、ここに入っていいの？」

『うん、特別だよ。……そっちのふたりも、入っていいよ』

ターニャとフェリシアンさんは顔を見合わせて、控えめにお礼を言った。

……ドラゴン、ものすごく嫌そうだな。できるだけ早く出ていってあげたいところだけど、こればかりは運次第なので我慢してもらうしかない。

今度、何かお礼になりそうなものでも持ってこようかな。

そんなことを考えつつ、グローブをはめる。

「それじゃあ、探しましょうか。鑑別は後で私がするので、とりあえず緑の石を探してください」

二人に声をかけてグローブを渡し、巣に入る。巣の素材が素材だから、魔宝石はその隙間に入り込んでいるらしい。魔力の光は見えても、表面に見える石はなかった。

魔力の流れを見て、ありそうな場所を探る。指や腕を突っ込むだけじゃどうにもならなそうなところでは、軽く下から上に押し出すように、隙間をすり抜けるように、風魔法を使ってみた。

見つけた一つ目は、タンザナイトの原石。親指の爪くらいの大きさで、信じられないくらい色が深い。非加熱でこれ……!?　いや、ドラゴンの体内で加熱されてるからこその色なんだろうか。

ちかちかと、夜空の星のような魔力の光が明滅している。

ちなみに、タンザナイトにはブルーゾイサイトという名前もある。タンザナイトと呼ばれることのほうが多いけれど、その由来が『タンザニア』であるにもかかわらず、この世界にタンザニアという地名は存在しない。言語が日本語として聞こえるのと同じように、宝石名のような固有名詞もまた、私のよく知っていたものに置き換えられているようなのだ。

不思議な感覚だが、わかりやすいからいいか、とも思う。私の口から出ている言葉が他の人にはどう聞こえているのか、口の動きがどう見えているのかはちょっとだけ気になるところだけど。

しかし、思ったよりも小さいな……。

ドラゴンの体内で生まれる宝石なら、もっと大きいと思っていた。でも思い返せば、あの赤いドラゴンがくれようとしていた宝石もそこまで大きくはなかった。あのときより小さい石なのは、単純にこのドラゴンが赤いドラゴンよりも小さいからか。

さて、二つ目は……と辺りを見て、魔力の輝きが強い部分に風魔法を使う。巣の中からはじき出されたのは――鮮やかな緑の石。それを見て、思わず叫んでしまった。

「えっ、もう!?」

出てきたのは、紛れもなくエメラルドの原石だった。地面にぶつかって傷つけてはたまらないので、慌てて風魔法で優しくキャッチする。

見事なまでに均一な、鮮やかな緑色。肉眼ではインクルージョンも傷もまったく確認できない。研磨もしていないというのにこの透明度……！

すぐさま鑑定用のルーペで見る。魔力の流れ、問題なし。滞りがなく、どこかに集中しているわけでもないから、経年で割れる心配はない。

インクルージョンも傷も……うん、微《かす》かにありはするけど、カッティングで削れるだろう。イヤリングに加工したら、セレスティーヌ様のご希望どおりの石になる。

「や、やばい、ほんとにこんなのが見つかるとは思わなかった……！　ターニャ、ターニャ見て、すごい！」

本来ならフェリシアンさんを呼ぶべきだったのだろうけど、さすがにこのテンションでは話しかけられない。

ターニャはすぐにこちらに来てくれて、しげしげとエメラルドを見た。その後ろからフェリシアンさんもやってきて、同じくエメラルドを覗き込む。

「こんなにあっけなく見つかるものなのか……。いや、きみの運がいいだけかもしれないな」

「綺麗だな」

「ね、ね～！　綺麗だよね！　他にもあるかな、二人は何か見つけた？　……ましたか？」

とってつけたようにつけ足した言葉を気にすることもなく、二人はそれぞれ一つずつ、石を見せてくれた。

「うん、こっちはペリドット、こちらはトルマリンですね。どっちも良質すぎる……」

『全部持って帰っていいよ？』

「いや！　いきなりこんなものを流通させるわけにはいかないから！　約束どおり、エメラルドだけ持ち帰らせてもらうね。もう少し探してもいい？」

いいよー、と快諾されたので、三人でまた探す。

すでに見つかっているエメラルドの原石は二センチ角ほどの大きさ。

もしこれ以上エメラルドが見つからないようだったら、これを二つに割ってカットしてもらおう。華美でないイヤリングという要望なら、むしろちょうどいい大きさになるかもしれない。

……いや、さすがに貴族が身につけるものにしては、メイン石が小さくなりすぎるかなぁ。

あんなにすぐに見つかったのは運がよかっただけなのか、その後の探索は難航した。

そろそろ諦めようかと思ったとき、フェリシアンさんが私に駆け寄ってきた。

「エマ、これは先ほどのエメラルドに似ていると思うんだが」

「わっ、エメラルドです！　少しお借りしますね――うん、問題ありません。こちらとさっきのエメラルドを使いましょう！」

同じ条件下で生まれているのだから当然そうだとは予想していたが、色味や透明度、サイズがほとんど同じだ。問題なく、ペアの石として使える。

「これでデザインの幅も広げられます……！　あ、フェリシアンさん、ご都合のよろしいときにセレスティーヌ様のお写真を見せてくださいね」

「ああ、持っていこう」

ドラゴンに惜しまれながら別れを告げ、私たちは帰路についた。

とはいっても、帰りは転移ポイントを経由できたので一時間もかからなかった。馬車ごと転移できるの便利すぎる……。

――セレスティーヌ様は、天使のような少女だった。

写真を見た瞬間、私は思わず感嘆の息を漏らしていた。

「こ、こんな感想失礼かもしれませんが……可愛すぎませんか……？」

「そうだな」

フェリシアンさんの返事は特に自慢げでもなんでもなかった。私みたいな反応には慣れているんだろう。けれどやはり妹を褒められると嬉しいのか、少し口角が上がっていた。

セレスティーヌ様は、フェリシアンさんとそっくりだった。

それでもフェリシアンさんに対してのように『宝石のよう』だとは感じなかったのは、写真越しに見たからかもしれない。きっと実際にお会いすることがあればまた違う感想を抱くのだろう。

おそらく歳《とし》はアナベルと同じくらい。この子がエメラルドのイヤリングを見てどんな反応をするのか、想像するだけで胸が躍った。

デザイン案をいくつも出して、フェリシアンさんとも念入りに相談して。

最終的に、天使をモチーフにしたイヤリングに決めた。フェリシアンさんが彼女の好きなものとして挙げていた中に羽もあったし、ぴったりだと思ったのだ。

エメラルドはペアシェイプカット……涙のような形に。

地金はイエローゴールドで、石の上部分が、天使の羽のように見えるよう加工を施す。イヤリングの片方にそれぞれ片翼ずつ、二つ合わせて両翼になるように。そして翼とエメラルドを繋《つな》ぐように、メレダイヤとサンタマリアアクアマリンを控えめに配置する。

アクアマリンを使いたかったのは、やっぱりその瞳の色に一番合うと思ったからだ。アクアマリンはエメラルドの兄弟のような石でもあるので、兄からの贈り物としてちょうどいいだろう。

出来上がったイヤリングに見惚れながら、ため息をつく。

「……デザインした身でこんなこと言うのも情けないけど、石が極上だと、もうそれだけで完成されてるよね……」

「あたしのカットも素晴らしいだろ？」

「それはもちろん！　地金の加工も本当に素敵、ありがとうシャンタル！」

今日はこのジュエリーの引き渡し日だった。そろそろフェリシアンさんが来る時間である。

デザインが確定してからは特に進捗報告もしていなかったから、気に入ってくださるかちょっと緊張する。

そわそわしていると、ノエルさんがお茶を淹《い》れてくれた。

「ありがとうございます、ノエルさん……」

「いいえ。エマさんが作り上げたそのイヤリングは、間違いなく格別に素晴らしい品です。どうか落ち着かれますように」

穏やかな声で言われても、緊張は解けない。カップを持つ手が震えてしまう始末で、ペランにも「落ち着けよ」と呆《あき》れられてしまった。

「だって、今までで一番力を入れたジュエリーだから……！」

もちろん今まで手を抜いたことはないけど、それでも今回は一際力を入れたのだ。反応が気になって仕方ない。

「わかってるよ。ベルでも呼んでくれれば落ち着くか？　この時間ならまだ休憩入ってないだろうけど、まあ休憩時間ずらすぐらいはできるだろ」

「いやベルに迷惑はかけられない……今日の朝、十分甘やかされたし……」

「ほんとにたまにだけど、おまえら姉と妹逆みたいになるよな」

ははっとペランが笑う。

朝起きた時点から緊張していた私に気づいて、アナベルはまず私のことをぎゅーっと抱きしめてきた。そして額や頬《ほお》にキスをくれて、「お姉ちゃんの作ったジュエリーなら大丈夫だよ！」と甘やかな声で励ましてくれたのだ。

私の妹、優しすぎる。

アナベルの優しさを噛《か》みしめながら、なんとか紅茶を一口。

温かいお茶を飲みきって少し落ち着いたころ、フェリシアンさんが来店した。すぐさま応接室にご案内し、イヤリングを用意する。

喜んでくださるだろうか。美しいと思っていただけるだろうか。

どきどきしながら、私はフェリシアンさんにイヤリングを差し出した。

「こちらが、ご注文いただいたイヤリングの完成品でございます」

「……ほう」

フェリシアンさんが目を瞠《みは》る。そしてイヤリングをじっくりと観察し——表情をふわりとほころばせた。

「うん、素晴らしいな。これならセリィも喜ぶだろう」

よ、よかったぁ。

ほっと胸を撫で下ろす。

一番大事なのはセレスティーヌ様が気に入ってくださるかだけど、彼女をよく知るフェリシアンさんが納得する出来なのであれば、そう心配はいらないだろう。あとは兄妹《きょうだい》で趣味が違わないことを願うだけだ。

「よろしければ、セレスティーヌ様のご反応を後で詳しく教えてくださいませ」

「ああ、もちろんだ。……というより、きみの都合さえよければ、セリィに渡す場に一緒にいてくれないか」

「え!?」

店長としての顔を崩さないようにしようと思っていたのに、思わずぎょっとしてしまう。

「きみがいなければ、このイヤリングをプレゼントすることは不可能だったからな。せっかくなら、セリィの反応を直接見てもらいたい」

「それは……願ってもないことですが……。その、この後すぐ渡しにいかれますか？」

「ああ。持ち帰ったらすぐに渡すつもりだ」

これってもしかして、伯爵家に招待されるということだろうか。

一応、懇意になっている貴族の方にお呼ばれされたときに対応できるよう、ドレスは持っているけど……今から？　なんの心構えもなく？

「無理にとは言わない。きみはどうしたい？」

「…………ぜひ、お願いいたします」

緊張も不安もあるが、抗《あらが》えない魅力があった。このイヤリングを見たセレスティーヌ様がどんな反応をされるのか、直接見られるならそれほど嬉しいことはない。

「わかった。今の格好でも我が家の者なら気にしないが……きみが気にするか？」

「はい、身支度を整える時間を頂戴してもよろしいでしょうか」

「それなら、自宅まで迎えを出そう。自宅の場所を教えるのに不安があるようだったら、この店の前でもいい」

「いいえ、問題ございません」

家の場所を教えてから、私はフェリシアンさんのお帰りを見送った。

予想外の展開に慌てながら、ペランとノエルさんに報告しにいく。

「二人ともごめんなさい。は、伯爵家に行ってきます……！」

「はあ？　一人で大丈夫か？」

「付き添いが許されるのであれば、私も同行しますが」

二人の心配の言葉に、「ありがとう、大丈夫！」と答えて、急いで店を飛び出す。

ドレス、パーティー用に準備したやつなんだけど、普通のときには派手すぎないかな……！　ヘアメイクはどうしよう、久しぶりにティンカーベル・クォーツの出番？　うん、時間もないしそうしよう。

ぜぇはぁと肩で息をしながらなんとか帰宅し、着替えとヘアメイク（ティンカーベル・クォーツに魔力を流したら、私の浮ついた気持ちを察してなのか、相当張り切った出来になってしまった）を済ませて家を出る。すでに家の前につけられていた魔法車に乗って、伯爵家へ。

転移ポイントも経由したので、そう時間もかからずに到着した。

立派なお屋敷を前にして、緊張を鎮めるために深呼吸をする。間もなく家の中から出てきた方に案内され、応接室へ通された。

すごい。なんというか、怒涛《どとう》の展開だ……。本当に伯爵のおうちに来てしまった。場違いはなはだしいけれど、そこはティンカーベル・クォーツによる出来映えを信じるしかない。

軽く深呼吸しながら待っていると、やがてフェリシアンさんとセレスティーヌ様がやってきた。

――二人揃《そろ》うと、もういっそ、暴力的とまで感じる美しさだった。目も息も奪われ、それでもぼんやり見惚れてはいられないので、なんとか平静を保つ。

「セリィ、この方はエマ。宝石店アステリズムの店長だ」

「お初にお目にかかります、レディ・セレスティーヌ。エマと申します」

「……初めまして。セレスティーヌです」

小鳥のさえずりのような可憐《かれん》な声だった。

セレスティーヌ様はその美しいアクアマリンの瞳で私をじいっと見つめ……過剰なまでに見つめたまま、手を差し出した。握手をしてくださるのだろう。

な、なんでこんなに見られるんだろう、変なところでもあったかな。

少し怯えながら握手に応じる。握手を終えると、セレスティーヌ様はようやく私から目を逸らし、フェリシアンさんのほうを見た。

「お兄様。宝石店ということは、わたくしに何か贈り物でも？」

「ああ。少し前に、傷がなく透明な、無加工のエメラルドのイヤリングが欲しいと言っていただろう？」

「……まさか、本当に用意できたと？」

呆然《ぼうぜん》としたように、セレスティーヌ様は目を瞬く。その瞬きすら、瞳の星のような輝きを強調していて美しかった。

座るよう促されたので、来客用のソファーにすわっ——や、やわらか!?　何この座り心地、うちの店にも欲しい。どこの商店のだろう……訊いたら教えてくれるだろうか。

まったく関係ないことを考えてしまっている間に、フェリシアンさんが私の隣に座った。

……隣に？

いや、まあ、向かい側にはセレスティーヌ様が座られているし……。イヤリングを渡すのなら、こちらのほうがいいのかもしれないけど。なんだか無駄にどぎまぎしてしまう。

「気に入ってくれるといいんだが……」

そう言いながら、フェリシアンさんはテーブル上に置いたケースを開く。

それを見た途端、セレスティーヌ様の口から「まあ……！」と驚嘆の声がこぼれた。けぶるような睫毛《まつげ》が、信じられないものを見つめるようにぱちぱちと動かされ、もともとうっすらと薔薇色《ばらいろ》だった頬がさらに美しい色に染まっていく。

その反応を見た兄のほうはといえば、満足そうに微笑んでいた。

美しい絵画の世界に、異質なものとして紛れ込んでいるような感覚だった。居心地が悪い……。それでもセレスティーヌ様のこのお顔を実際に見られたのは、間違いなく一生の思い出になる。本当にいい仕事をした。

セレスティーヌ様は存分に見惚れた後、私の存在を思い出したのかはっとして、小さく咳払いをした。

「し、失礼ですが、偽物ではないのですか？　こんなに美しいエメラルド、到底信じられません」

「レディ・セレスティーヌが信頼されている鑑定士に、鑑定を依頼していただいても構いません」

「……本当に、無加工なんですの？　だって、インクルージョンも傷もまったく……ごめんなさい、ルーペを持ってきてもいいかしら？」

「よろしければお貸しいたしますか？」

「ええ、お願いします」

本当に宝石に詳しい方だな、これ……。自前のルーペまでお持ちの方はそういない。念のため持ってきていたルーペをお貸しすれば、真剣な顔で覗き込んだ。数分じっくりと見た後、セレスティーヌ様は長く息を吐く。

「…………お兄様、ありがとうございます」

「気に入ったか？」

セレスティーヌ様は迷うこともなく、はい、とうなずいてくださった。その事実にじん、と感動しているうちに、美しい瞳がこちらに向けられる。

「デザインもとても素敵で……宝石店アステリズム、だったかしら。不勉強で申し訳ないのですが、今まで存じ上げませんでした。今度伺ってもよろしいですか？」

「少し前に開店したばかりですから、ご存じなくとも当然かと。こちらのイヤリングもですが、フルオーダーでのジュエリー注文を承っておりますので、ぜひご利用くださいませ」

「楽しみですわ」

あ、でも、またこんなに無茶《むちゃ》ぶりをされたら応えられないかもしれない。

慌ててその旨を遠回しに伝えれば、「わかっています。もう常識的な注文しかしませんから、ご心配なさらないで」と微笑まれた。この無茶ぶりをしたとは思えないほどに、大人っぽい言葉と表情だった。

嬉しそうにイヤリングを見つめるセレスティーヌ様に、フェリシアンさんが「そうだ」とふと切り出す。

「セリィ。実はこのエメラルドは、私も一緒に採りに行ったんだ」

「お兄様も一緒に？　それは……」

驚いたように視線を揺らし、セレスティーヌ様は微かに眉を下げた。

「エマさん、申し訳ございません。兄が無理を言って、ご迷惑をおかけしませんでしたか？」

「い、いいえ、そのようなことは決してございません」

思わぬ言葉に慌てて首を横に振る。

「そちらのエメラルドはアチェールビ卿《きょう》が見つけられたものでございます。見つけられていなければ、もっとエメラルドが小さなデザインにしなければなりませんでした」

「それならいいのですが……」とつぶやきながら、セレスティーヌ様は私が指差したほうのイヤリングを持ち上げた。嬉しそうな口元が隠し切れていない。あまり大きな表情変化がないご兄妹だが、だからこそ少しの変化でも大輪の花が咲いたような、宝石が朝日を浴びて輝くような、そんな魅力があった。

「……先にお礼を言うべきでしたね。ありがとうございます、お兄様。とても嬉しいです。エマさんも、兄の無理を聞いてくださってありがとうございます」

表情だけでなく、言葉でもはっきりとお気持ちを伝えてくださった。フェリシアンさんも嬉しそうにうなずき返すのを見て、もう胸がいっぱいになってしまう。勇気を出して来てよかった……！

セレスティーヌ様は近くに控えていたメイドに鏡を持ってこさせ、その場でイヤリングを装着した。少し照れくさそうにはにかんで、小首をかしげる。

「……どうかしら？」

「ああ、よく似合う」

「とってもお似合いです！　エメラルドと御髪《おぐし》の調和の美しさもさることながら、やはりアクアマリンを合わせたのは大正解でした。これでも手持ちのサンタマリアアクアマリンの中から一番上質なものを選んだのですが、レディ・セレスティーヌの瞳には到底敵《かな》いませんね。とはいえ、その瞳の美しさを引き立てる出来映えだという自負がございます。デザインを考える際、失礼ながらお写真を拝見したのですが、天使と見紛《みまが》うほどの美しさで……モチーフ案は他にもいくつか出しましたが、結局一番イメージにぴったりだと感じた天使にしてしまい――ん、んんっ。よ、余計な話を。大変失礼いたしました」

セレスティーヌ様がぽかんとしていることに気づいて、顔が熱くなる。あまりにお似合いなものだから、つい興奮して早口に……。お客様の前だというのに。

私たちの様子を見て、フェリシアンさんがおかしそうに小さく笑う。

「私ももっと情熱的に褒めたほうがよかったか？」

「あら、お兄様にそんなふうに褒められたら、何か後ろ暗いところでもあるのではないかと疑ってしまいますわ」

「きみに後ろ暗いところなど一つもない」

「ええ、知っています」

ふふ、と微笑んで、セレスティーヌ様は目を細めて私を見た。

「ありがとうございます、エマさん。お褒めにあずかり光栄です」

「……恐縮です」

「それにしても——お兄様が親しげになさる女性なんて、珍しいですわね。ご友人になられたんですの？」

フェリシアンさんに向けられた恐れ多い質問に、ひっと悲鳴が漏れそうになる。フェリシアンさんと私では、あまりにも不釣り合いだ。

しかし続くフェリシアンさんの返答に、さらに悲鳴を上げそうになった。

「いや、まだ親しくなれていない。できることなら友人になりたいと思ってはいるが」

……なぜ、と尋ねたら、失礼にあたるだろうか。

口に出さずとも表情に出てしまっていたのか、フェリシアンさんは答えてくれた。

「きみの仕事ぶりは見事だった。非常に誠実で、技術もあり、尊敬できる。それに……直截的《ちょくせつてき》な言葉を使って申し訳ないが、私に色目をまったく使わないところも信頼できる」

そ、そこかぁ。

もう恋愛事はこりごりだから、そういう回路を切ってるだけなんだけど……。確かにこれだけ美しい方なら、そんな相手に安心感を覚えるのかもしれない。普段の生活など想像もできないけれど、きっといろんな女性から声をかけられているのだろう。

でも、仕事ぶりを褒められたのは本当に嬉しかった。一号店で働いていたときも含め、こんなふうに褒められるのは初めてで頬が熱くなってくる。

「あ、ありがとうございます。もったいないお言葉です」

「という感じで、まだ少し難しいようなんだ」

「まあ……お兄様が袖にされている」

「いえ、そんなつもりはございません！」

「ですって、お兄様。ご友人になってくださるみたい」

「それは嬉しいな」

この兄妹、なんかさらっと強引なんだけど!?　たぶん冗談のつもり、なのだろうけど、お二人ともしれっとした表情をしているせいで読みにくい。

戦々恐々としていると、二人は同時に軽く噴き出した。

「冗談だ、エマ。もちろん友人になりたいのは冗談ではないが、なろうと言ってなるものでもないだろう。自然と友人と思ってもらえるように頑張るさ」

「……ありがとう、ございます」

なんと返せばいいのかまったくわからなかった。お礼を言う、で正解なんだろうか。

……いや、でも、念のため注意だけしておかなきゃ。

表情を引きしめて、フェリシアンさんをまっすぐ見つめる。

「アチェールビ卿。大変失礼を承知で申し上げますが、私は確かに、卿に対して恋愛的興味は一切持っておりません。そもそも、恋愛事に対して忌避感を抱いております。今後も誰かに恋をするつもりは微塵《みじん》もございません——が」

色目を使わない、という点で信頼されているのなら、これは言っておかなければならない。

「アチェールビ卿は、宝石のように美しい方です。あまり優しくしていただくと、私の脳が間違いを起こす可能性もないとは言い切れません。くれぐれもお気をつけくださいませ」

フェリシアンさんは無言できょとんとし、それからなぜか、困惑した様子でセレスティーヌ様のことを見た。セレスティーヌ様も困ったように首をかしげる。

……そんなに変なことを言ってしまっただろうか。万が一でも勘違いされたくなかったら気をつけてくださいね、って言っただけなんだけど。

「……わかった、気をつけよう」

神妙にうなずかれた。長い沈黙の意味が気になったが、納得してくださったのならまあいい。


帰りもまた魔法車で送ってもらった。閉店時間にはなっていないので、お店のほうに。

ペランには休憩に出てもらい、ノエルさんと二人で店番をしていると、控えめに店のドアが開かれた。

「こ、こんにちは」

ひょこりと顔を出したのは、先日シトリンを渡した少女。思わず「あっ」と声を上げて、慌てて駆け寄ってしまった。

「いらっしゃいませ！　また来てくださってとっても嬉しいです。どうぞ中へ入ってください」

ペンダントを買いにきたんだろうか。そうじゃなかったとしても、店内に入ってきてくれたことが嬉しくて、内心非常にはしゃぎながら椅子へご案内する。すぐさま果実を搾ったジュースを持ってきてくれたノエルさんはさすがだった。

「これ、わたしが飲んでいいんですか……？」

「どうぞ！　お口に合うといいのですが」

おっかなびっくりコップを傾けた少女は、ぱあっと表情を輝かせた。おいしかったらしい。けれど一口で一旦飲むのをやめ、持ってきていたお財布をそうっと私に差し出した。

「この前のペンダント、買いにきました」

少し気恥ずかしそうに、火照《ほて》った頬。きゅっとお財布を握る指先が健気《けなげ》で、愛《いと》おしくなった。

「ありがとうございます。確認いたしますね」

お財布を受け取り、中の硬貨を数える。……うん、足りてる。

必要な分だけ取って、残りを少女に返してから、私は店の奥に置いておいたペンダントを持ってきた。箱自体はシンプルなものだが、淡いピンクと黄色のリボンを花のように結んでおいた。

「わぁ……！　可愛い、ありがとうございます！」

「ふふ、こちらこそありがとうございます。お母様、喜んでくださるといいですね」

「はい！　絶対喜んでくれます！」

想像するだけで嬉しいのか、少女はふにゃふにゃと可愛らしく笑う。

「……そうだ、お客様。お名前を聞いてもいいですか？　私はエマと言います」

「私はソフィです！　あの、エマさん、ほんとにほんとにありがとうございます。この前の黄色い宝石も、このペンダントも、本当に嬉しいです」

「私も、あなたが来てくださって本当に嬉しいんですよ。お揃いですね」

にっこり微笑むと、ソフィちゃんは興奮した様子でこくこくとうなずいた。


フルオーダーでのジュエリー販売も、安価なジュエリーの販売も、幸先《さいさき》がいいスタートを切れた。

シトリンを見たときのソフィちゃんの顔も、エメラルドのイヤリングを見たときのあのご兄妹の顔も。……私の見たかった顔で、これからも見たい顔だ。

今までも十分やる気に満ちあふれていたけれど、今後はきっと、ますます頑張れる。

希望と期待でいっぱいの未来を思うと胸がどきどきして、ソフィちゃんとおしゃべりをしながらも、私は思わず小さく笑ってしまった。

◆　◆　◆

「お兄様、今日は本当に楽しそうでしたね」

そう言うセレスティーヌこそが楽しげで、フェリシアンの頬は緩んだ。

エマが帰るのを見送ったのはつい先ほど。せっかく兄妹で過ごす時間が取れたのだから、と二人きりの小さな茶会を開催している最中だった。もっとも、こういった茶会はそれなりの頻度で行なっているのだが。

「きみが喜んでくれたからな」

「あら。わたくしはてっきり、エマさんとお話しするのが楽しいのかと思っていました」

「……そうだな。それも、楽しかった理由の一つではあるだろう」

素直に認めると、セレスティーヌは満足そうにうなずく。

「お兄様にご友人ができたこと、とても嬉しく思いますわ。お二人が友人でないと認識していたとしても、わたくしにはそう見えましたから、どうか否定なさらないでくださいね」

少々悩んだ後、フェリシアンは結局「ああ」と了承を返した。

人を見る目には、それなりに自信がある。容姿や立場のせいで面倒事に巻き込まれることが多かったため、嫌でも磨かれてきた、と言うべきか。

エマがフェリシアンの容姿に反応を示したのは、初対面のほんの短い時間だけだった。すぐに「失礼いたしました」と笑みを浮かべる様を見て、信頼できる相手かもしれない、と感じた。その予感は当たり、彼女の対応は一つ一つが非常に誠実だった。商売人としては甘すぎるのではないかと思うほどに。愛する妹がいるということは、彼女にとってそれほど重要なことなのだろう。

紅茶のカップを傾けながら、セレスティーヌの耳を飾るイヤリングに視線を向ける。見事な品だった。何より、セレスティーヌによく似合っている。彼女は多くの宝飾品を持っているが、これほど彼女に似合う品は他になかった。

「それにしても、宝石のように美しい方、なんて……」

セレスティーヌがくすりと笑いをこぼす。

「まるで口説き文句ですのに、まったくそんな空気がなくて不思議でしたわ」

「きみもそう感じたか」

つられて、フェリシアンも小さく笑ってしまった。

初めて容姿について言及されたかと思えば、あんな言葉。

エマが宝石をどれだけ深く愛しているかは、たった数日話しただけでもひしひしと伝わってきた。

彼女は一見、物柔らかで落ち着いた女性だ。芯が通っていて、ともすれば年上のように感じることもあるくらいだった。しかし宝石のこととなると、印象はがらりと変わる。特にドラゴンの巣では、非常にはしゃいでいて微笑ましかった。

そのことを加味すれば、『宝石のように美しい』などという言葉は、普通なら愛の言葉にしか聞こえないはずだ。だというのに、まったくそう聞こえなかった。

「お兄様を好きになることを、脳が間違いを起こす、と表現なさったのも面白かったです。一瞬、冗談かと思ってしまいましたわ。でも大真面目なんですもの。わたくし、笑わないようにするのに必死で……変な顔になっていなかったかしら？」

「いつもどおり、天使のように美しい顔だったさ」

「お兄様に訊いたのが間違っていました」

彼女は呆れたように、ゆっくりとかぶりを振った。そしてスコーンを一口食べ、相好を崩しながら続ける。

「……エマさん、素敵な方ね」

「ああ。好きなものに、あれだけまっすぐに向き合える人間もなかなかいないだろうな」

「なるほど。お兄様は、そこを一番素敵だと感じられたのですね。わたくしも素敵だと思いました」

「……あまり深く考えずに言ったが、そうなんだろうな」

エマのことは尊敬しているが、一番尊敬しているのは宝石に向き合う姿勢なのだろう。まっすぐ、愛するままに。

あの歳であれだけの知識や技術を身につけるのも、並大抵のことではないはずだ。エマの努力の結晶であり、ひたむきに努力をした経験のないフェリシアンからしてみれば、眩《まぶ》しく感じるものだった。

セレスティーヌは紅茶を飲み、ほう、と息を吐いた。

「エマさんとお話しできたのは少しの時間だけでしたが、お兄様が友人になりたいとおっしゃる気持ちも、よくわかりました。本当に嬉しいです。お兄様ったら、心の許せるご友人が少ないんですもの。妹として心配にもなりますわ」

「心の許せる友人なんて、一人いれば十分すぎるほどだ。私の場合はすでに二人いる」

「では訂正します。すでに十分なほどご友人のいらっしゃるお兄様が、それでも新たに友人となりたいと感じる方を見つけられたことが、嬉しいのです」

「……ありがとう」

「お礼を言われるようなことではありませんわ。こんなの、お互い様の感情でしょう?」

そうだな、とフェリシアンは苦笑いをした。

心の許せる友人が少ないという点では、セレスティーヌも同じだ。そして彼女に友人が増えれば、フェリシアンも非常に喜ばしく思う。

「エマさんとは、今後も交友を続けるおつもりですよね。自他共に認める友人になれたときには、わたくしにもぜひ教えてくださいね」

「もちろん。いい報告を待っていてくれ」

微笑み合って、二人は穏やかに茶会を続けた。

3
ダイヤモンドの証明

一号店の常連のお一人である、ベルナデット・ミュラトール伯爵令嬢。

彼女は魔宝石にしか興味がないと公言している、少々変わった方だった。

二十二歳にして未婚というのは、失礼ながらこの国の貴族社会では通常行き遅れと表現されるものだ。しかし、そんなことを言う人間はどこにもいない。

——なぜならあまりにも美しいからである。

国一番の美姫《びき》は誰だ、と問われたなら、この国の人間が挙げるのは第三王女殿下のお名前か、ベルナデット様のお名前だろう。セレスティーヌ様も天使のようにお美しいが、美姫と評すには少々幼さが残る。


さて、本日はそんなベルナデット様が来店された。

応接室に通された彼女は、優雅にソファーに座ってさっそく口を開いた。

「今日注文したいのは、婚約指輪よ」

「……ご、ご婚約の噂《うわさ》は本当だったんですね」

つい呆然《ぼうぜん》と返してしまった私に、彼女は「あら、失礼ね？」とくすりと笑った。

もう何度も顔を合わせているベルナデット様とは、それなりに気安い仲だった。なんといっても、彼女の魔宝石への愛は深い。私と同じくらいに。

同じ熱量で同じものを好き、なおかつ身分の高いほうがまったく身分差を気にしない人間となれば、仲がよくなるのも当然ではあった。

以前恐れ多くも「ベルって呼んでいいわよ」と愛称で呼ぶお許しをいただいたが、妹の愛称と被《かぶ》るから遠慮したいと正直に答えたところ、ますます気に入られた。結果オーライだったとはいえ、さすがに失礼すぎたな、と今でも反省している。

ベルナデット様は人を正直にさせる、不思議な魅力のある方だった。

「まあ、あなたが驚くのも無理はないでしょう。私《わたくし》自身も驚いているわ」

くすくす、ベルナデット様は楽しげに笑う。

新緑の妖精、と紹介されたところで、きっと疑う人などいないだろう。彼女がただ笑うだけで、その場の空気が一気に明るく、眩《まぶ》しくなる。

豊かに輝くプラチナブロンドに、この世で一番美しい色だと言われても納得してしまう翠《みどり》の瞳。小さな花のように可憐《かれん》でいて、それでいて大輪の花のような艶《あで》やかさもあわせ持つ美貌だった。

私は貴族社会の噂には詳しくないが、立場上、それなりに情報を仕入れるようにはしている。その中でも、彼女の婚約の噂は到底信じがたいものだった。

だってこの方は本当に、興味が魔宝石にばかり向いているのだ。政略結婚が主流の貴族社会においても、彼女のご両親は恋愛結婚を推奨しているらしいのだが、「人に恋するより、魔宝石に恋したいわ」と悩ましそうにため息をついていたことすらある。

そんなベルナデット様が、婚約。

というかそもそも、婚約指輪って婚約が決まった時点でもう存在するものなんじゃないか……？

今から、しかも男性が女性に贈るんじゃなく、女性が用意するってどういうことなんだろう。

私の疑問を感じ取ったように、ベルナデット様は話を続けた。

「でもね、今のところはお飾りの婚約者なのよ」

まるでロマンス小説の始まりのような単語だった。たぶん、この世界……というか貴族社会には普通にある話なのだろうけど。

ベルナデット様のこのご機嫌な様子を見るに、彼女が望んだ婚約であることは間違いない。周囲から結婚の話をされるのに辟易《へきえき》して、それを避けるため……とかなんだろうか。

神妙な顔で相槌《あいづち》を打つ私に、ベルナデット様はこてんと小首をかしげた。

「エマ、あなた、私の婚約者についてどのくらい知っていて？」

突然の問いに焦りながらも、当たり障りのない答えを口にする。

「え、ええっと……宝石商の方だということだけ」

「遠慮なく言っていいのよ」

この方の言う『遠慮なく』とは、本当にまったく遠慮をするなという意味である。言葉を選ぶことすら求められていないので、私はおずおずと正直に答えた。

「……その、偏屈で不愛想でケチな宝石商、だと。噂では」

「ふっ、ふふ、あの人、そんなふうに噂されているの？」

おかしそうに笑うベルナデット様。どうやら別に、婚約者についての噂を知っていたわけではないらしい。

「私の婚約者になった妬みから言われているのか、それとも前から言われていたのか判断がつかないわね。私もまだ、そんなにあの人のことは知らないし……でも、悪い人というわけではないのよ。本当に」

そう語るベルナデット様は、優しい顔をしていた。長い睫毛《まつげ》を伏せ、一息つくように優美な動作で紅茶のカップを傾ける。

その様子を見て、私は少しどきどきしてしまった。

これはもしかして……恋愛結婚、なんじゃないだろうか。

ご家族について語るとき以外に、こんな顔は見たことがなかった。少なくとも、お相手のことを家族と同じくらい大切に思っていることは確かだろう。

この方でも人間を好きになったりするんだなぁ、と非常に失礼な感動を覚えてしまった。胸に手を当て、微笑《ほほえ》んで祝福を伝える。

「ベルナデット様ご自身が望まれた婚約のようでほっとしました。ご婚約、おめでとうございます。お祝いの言葉が遅くなり申し訳ありません」

「ありがとう。気にしないで、私自身も驚いているって言ったでしょう？　咄嗟《とっさ》に祝福の言葉が出てこない気持ちはよくわかるわ」

ベルナデット様は音もなくカップを置いた。

「あの人、私の美しさを利用したいんですって。あの人が仕入れた宝石で私が身を飾れば、あの人の宝石を買う人が増えるだろうって……そんなことあるかしらね。誰が身につけたって、魔宝石の美しさに変わりはないのに」

この方は自身の美しさをあまり理解していない。というより、魔宝石の美しさを信じ切っている。いっそ信仰と表現してもいいくらいだろう。

だから今の言葉も、本心からのものに違いない。私は婚約者様の気持ちがものすごくわかってしまって（実際、私はセレスティーヌ様に宣伝をお願いしている）、曖昧に微笑むしかなかった。

「――けれどね、本当の本当は、あの人、私のことが好きらしいのよ」

内緒話のように、ベルナデット様は声を潜める。

……話の流れ、変わったな。

自分の恋愛には微塵《みじん》も興味がないが、他人の恋愛となれば話は別だ。私にも人の恋バナにときめく気持ちくらいは残っているので、思わず少し身を乗り出してしまった。

ベルナデット様は楽しそうに笑みを浮かべた。

「宝石商って職業は私の興味を引くにはぴったりだけど、そこに恋愛が絡まると面倒に思われるって考えたんでしょうね。あの人、私には私のことを利用したいとしか言ってないの。おせっかいな秘書から教えてもらわなきゃ、全然気づけなかったくらいずっと不愛想だし」

「ベルナデット様の前で不愛想でいられる人がこの世に存在するんですか……!?」

「そんなにびっくりするようなこと？　ああ、でも確かに……私に不愛想な人なんて初めて見たかもしれないわね」

形のいい可憐な唇に指を当て、今気づいた、というふうに目を瞬く。ベルナデット様は人間にほとんど興味がないが、ご家族のためにもそれなりに社交はしているらしいし、記憶力はいい。

「婚約自体を済ませたのは三か月前だけれど、あの人、私の前で一度も笑ったことがないの。だからね——ようやくここで話が戻るんだけど」

言葉を区切って、彼女は得意げに微笑んだ。

「私が改めてお揃《そろ》いの婚約指輪を用意したら、あの人もさすがに喜ぶんじゃないかと思って。笑うまではいかないにしても、嬉《うれ》しがってる顔ぐらいはそろそろ見たいわ」

「それは……素敵な目的ですね」

ベルナデット様からこんなお話が聞けるとは思っていなかったので、少し言葉に詰まってしまう。

本当に、素敵な目的だ。これはいっそう張り切って最高の指輪を作らなきゃ……！

気合いを入れたところで、ふと『改めて』という部分が引っかかる。

「婚約指輪自体はもうすでにあるんですか？」

「ええ。エマが見たいかと思って持ってきているけれど、見る？」

「ぜひ！」

「そう言うと思ったわ」

やっぱりもう、お相手から指輪をもらっていたのか。

ベルナデット様が視線を送ると、控えていた侍女の方がすっと小さな箱をテーブルに載せた。

ぱかりと開けられたそこには、複数色《パーティーカラー》のトルマリンの指輪が収まっていた。緑から青、紫、ピンク、赤……上手《うま》く言葉にできない中間色も含め、多彩な色を楽しめるそれは、ベルナデット様が持つにふさわしい素晴らしい石だった。

目を細めてしまうくらい眩しい多種多様な光が、くるくるとつむじ風のように舞っている。ただの魔力の流れなのに、楽しそう、と感じてしまうほどだった。私の周りにいる精霊たちも、なんだかはしゃいでいるようだった。

「恋愛にも結婚にも興味はないけれど、両親に孫を抱かせてあげるためには、さすがにそろそろ結婚しなきゃいけないでしょう？」

ベルナデット様は幸福そうにため息をついて、トルマリンを見つめる。

「だから条件を出したの。とは言っても噂を流しただけだけど……『ベルナデット・ミュラトール伯爵令嬢は、一番心惹《ひ》かれる魔宝石を見せてくださった方と結婚すると言っているらしい』ってね。見せてくださるだけでなく贈ってくださる方が多くて、返却するのが大変だった。でもおかげでこの石に出会えたんだから、我ながらとてもいい案だったわ」

「ベルナデット様がお選びになったのもわかります……！　とても美しい輝きですね」

「ふふ、でしょう？　もう絶対にこれだわ、って思ったの」

魔宝石の前では、彼女は幼さすら感じるほどににこにこと笑う。今日も可愛《かわい》らしく微笑みながら、ベルナデット様は指輪を左手の薬指にそっとはめた。

……そういえば婚約指輪なら、ずっとはめたままでいるのが普通じゃないだろうか。

「普段はおつけにならないんですか？」

「あの人ね、私がこの指輪をしているだけで固まっちゃうのよ。嬉しすぎて」

「……それも秘書の方が教えてくださったと？」

「ええ。あと、はしたないけど盗み聞きもしたわ。夢を見ているみたいで何も考えられなくなってしまうんですって。私が素敵な魔宝石を見たときのような感覚なのかしら？」

どうにも思ったより、なんていうか。

……お相手の方、めちゃくちゃ、相当ベルナデット様のことが好きなんじゃないだろうか。微笑ましく感じて、小さく笑ってしまう。

不愛想ってつまり単純に、好きな人の前だと緊張して顔がこわばるってことなのかもしれない。それなら確かに納得できる。

「婚約指輪は女性しかつけないけど、別にお揃いでつけちゃだめって決まりはないわよね？」

「はい。ごくまれにですが、ペアでつける方もいらっしゃいます。一号店でも、そういった注文はございました」

とはいえ、すでに婚約指輪があるうえで改めて作るとなると……それはもはや、普通のペアリングなんじゃないだろうか。

そう思わなくはないが、野暮《やぼ》なことは言わないほうがいいだろう。こういうのはご本人たちの心持ちが重要なのだ。

「そう、よかった。私のほうの指輪は、このコニャックダイヤで作ってほしいの。あの人の瞳の色とそっくりなのよ」

またも侍女の方がそっと箱をテーブルに置く。コニャックダイヤとは、濃く深い色合いのブラウンダイヤモンドのことだ。

一目で上質だとわかるダイヤモンドに、私は感嘆の息を漏らした。安定した炎のような魔力が、ゆらりときらめいている。精霊たちにとっても魅力的だったのだろう、悪戯《いたずら》に突っつくようなじゃれ方をしていた。

自分や好きな人の瞳の色でジュエリーを作りたい、という注文はよくある。それでもベルナデット様にとって、魔宝石は魔宝石であるというだけで、すべてが美しく尊いもののはずだった。

「非常に率直な感想で申し訳ないのですが、恋は人を変えるというのは本当ですね……。お相手の瞳の色の石で指輪を作りたいなんて」

本当に失礼だが、ベルナデット様にそんな情緒が備わっているとは思っていなかった。いや、婚約者様に出会って変わられた、と言うべきか。

しかし、ベルナデット様は私の言葉にきょとんと目を丸くした。

「…………こい？」

まるで知らない単語を口にするように、つたない口調だった。

「――私、あの人に恋なんてした覚えはないわ。昔も今も、私が好きなのは魔宝石だけよ？」

「……失礼いたしました」

……これは、どこまでおせっかいに口を出していいものか。

少々悩みながら、私は続いて婚約者様の指輪についてのご要望を訊《き》くことにした。


お客様との距離感、というのは、接客業において非常に重要な部分だと思う。どのような距離感を好まれる方なのか見極めて、適切な対応をする必要がある。

その点ベルナデット様は、魔宝石の美しさを引き立てるジュエリーでさえあれば、他は何も気にされない。

「だからこそ迷うんだよねぇ……」

「お姉ちゃん、お仕事中以外もお仕事のことばっかり考えてたら疲れちゃうよ？」

夕飯後、今日の出来事を一通り話した後にため息をこぼすと、アナベルは心配混じりの呆《あき》れた顔を見せた。

通常であれば、たとえ家族相手であってもお客様の個人的な話はしないようにしている。けれどベルナデット様からは、出会った当初に「今後私の依頼に関することで何か悩むことがあれば、誰にどう相談しても構わないわ。いい品を用意してもらうことが最優先だもの」というお言葉をもらっているので……。

「仕事中は目の前の仕事に集中したいから、こういうことは逆に、仕事が終わった後じゃないと考えられないんだよ」

「もう、お姉ちゃんったら……。無理はしすぎないでね」

「大丈夫。ありがとう、ベル」

「どういたしまして。わたしに感謝する気持ちがあるなら、遠慮なくなんでも話してね！　お姉ちゃんすぐ抱え込むんだから」

「う、うーん、そうかなぁ」

こんなに心配をかけさせるようなことをした覚えはないんだけどな……。これじゃあどっちが姉かわからない。

私が曖昧に首をかしげると、アナベルは少しむくれてみせた。しかしすぐに表情を緩めて、話の続きを促してくる。

その態度に甘えて、口元に手を当て、つぶやくように続ける。

「恋を自覚したベルナデット様と、恋に無自覚なベルナデット様。どっちから指輪を渡されるのが嬉しいかって、それは当然前者なわけで……」

「でも好きな人からもらう指輪なんて、なんだって嬉しいよね」

「それもそうなんだよね！　わかってる……。それに婚約者様のことはよく知らないし。ベルナデット様の話から判断するに、ベルナデット様のことがめちゃくちゃ好きだと思うんだけど……。だからこそ別に、無自覚なベルナデット様からの指輪だって本当に嬉しいだろうし、そもそもベルナデット様が婚約者様のことを好きだって感じたのも私の主観だし！　私とベルナデット様はただの店員とお客様で、友達ってわけでもない。本当に恋なのかも定かじゃないのに、恋心を自覚させたいとか、余計なお世話にもほどがあって……」

思考を吐き出せる相手がいる、というのはかなりありがたかった。こうして話しているだけでも、少しずつ頭の中が整理されていく気がする。

「はあ……そのまま特別なことはせずに依頼どおり作って、普通に喜んでいただくのが一番いいんだろうなぁ」

ベルナデット様用の指輪は、持ち込みのコニャックダイヤを使用したもの。婚約者様用の指輪は上質な石であればなんでもいいと言われたが、そこはもう、ベルナデット様の瞳の色一択だろう。となると、ペアリングとしてはやっぱりダイヤモンドが望ましい。

グリーンダイヤモンドの在庫は数個あったが、どれもベルナデット様の瞳の色合いとはずれていた。どうせならこだわりたいし、買い付けをする……となれば。宝石商である婚約者様にコンタクトを取ってもいいだろうけど。

うんうん唸《うな》る私に、アナベルが眉を下げる。

「わたしはお姉ちゃん第一だから、お姉ちゃんのやりたいようにやってほしいとしか言えないんだよねえ……」

「だ、大丈夫、アドバイスが欲しいわけじゃないよ！　それにベルにそんなふうに言われたら、じゃあやってみるかって考えなしに行動しちゃうから……」

「やっちゃおうよ！」

「う、うぅ……」

「お姉ちゃんのお店なんだもん、やりたいようにやるべきだよ。絶対！」

きらきらした笑顔で背中を押されてうめいてしまう。

……これがベルナデット様からのご注文でなければ、こんなに悩まなかっただろう。ただ精いっぱい良いものを作って、それで終わりだ。

けれど、友人でないとはいえ……幸せになってほしいな、と心から祝福するくらいには情がある。

このまま指輪を作製しても、満足していただく自信はあった。でも、それ以上に満足していただける道が見えている状態で、その道を無視したくない。

ぐっと拳を握る。

「……うん、よし。要はベルナデット様に気づかれなきゃいいんだ。おせっかいだと認識されなきゃ、それはもうおせっかいじゃないよね」

「気づかれない、のは……うんと、そう、そうだね。頑張ってお姉ちゃん！」

「ありがとう、ベル」

そうと決まれば、あのベルナデット様に恋心を自覚させる方法を考えなければならない。

正直かなりの無理難題な気はするが、納期にはまだ余裕がある。婚約者様用の石を用意したらまたデザインの打ち合わせを行なう予定だし、そのときまでにはなんとか……！

私の身近で恋をしている人間といえば、ペランである。

なのでさっそく、翌朝の開店準備中に尋ねてみることにした。今日はノエルさんがお休みなので、秘密にしたいような話をしても問題ない。

「ペランって、ベルのこと好きだっていつ気づいたの？」

「はっ……!?」

ぎょっとしたペランは、持っていたジョウロを豪快に落とした。床が水浸しである。観葉植物に水をあげようとしていたところにこんな話題を出した私が悪かった……！

「わ、悪い」

「いや私のほうこそいきなり訊いてごめん！」

いまだ動揺の残るペランに動かないように伝え、乾いた雑巾をいくつか持ってくる。床の水気を完全に拭いて、ペランに靴底も拭いてもらってから、ふうと息を吐く。

改めてペランの顔を見ると、ペランはびくっと肩を跳ねさせ、目を逸《そ》らした。顔も耳も赤い。よく見たら首筋まで真っ赤だ。

「……そこまでの反応すること？」

「う……だ、だっておまえ、こんなはっきり言ってきたことなかっただろ。気づいてるぞ、ってアピールはすごかったけど」

「あー、確かにそっか。言わなくても伝わってるからいいやって思ってたし」

つまり、ベルが好き、という類《たぐい》のことをペランの口から聞いたのもこれが初めてということだ。態度でバレバレだったからそんな気がしないけど。

「で？　いきなりなんでそんな話するんだよ。しかもエマが仕事前にするってことは、ただの雑談ってわけじゃないいんだろ」

気を取り直したように、ペランが腕を組む。

私への信頼が厚いな……。ベルもペランも、私のことを仕事人間って思いすぎなんじゃないだろうか。

「一応雑談と言えなくもないんだけど……ええっと、ちょっと恋心を自覚させたい相手がいて」

「……お客様か？」

「そう、ですね」

「おまえ、それは首突っ込みすぎじゃね？」

「わ、わかってる！　そこは散々悩んだうえで、首を突っ込んだことを悟られないように突っ込むって決めたの！」

完全に呆れた様子のペランに、勢いよく返す。それでも呆れた視線は弱まらなかった。アナベルとは違い、ペランは私に甘くない。

「店員の領分は完全に超えてるだろ」

「……おっしゃるとおりで」

「わかっててもやるんだ？」

「やります……」

ふぅん、とペランは私を観察するように眺めた。幼馴染《おさななじみ》だからこそ、お互いがお互い、こういう態度に弱い。アナベルも含めて、である。

身を縮こませて、ペランの次の言葉を待つ。私をじいっと見続けたペランは、おもむろに口を開いた。

「……ベルナデット・ミュラトール伯爵令嬢の話だよな？」

「な、なんでわかるの!?」

思わず大声を出してしまって、慌てて口を閉じる。開店前だし、外に聞こえる可能性も低いとはいえ、さすがにこの声量はよくない。

私の反応にたじろぐこともなく、ペランは淡々と理由を述べる。

「エマがそこまで関わろうとすんなら、常連のお客様しかありえない。で、最近常連はあの人かアチェールビ伯爵くらいしか来てねぇだろ。まだアチェールビ伯爵にはそんな突っ込んだことできるわけないから、令嬢のほうに決まってる」

――彼が常連と言ったとおり、フェリシアンさんはあれからたびたび店に来るようになった。

当たり前だが、毎度フルオーダーのジュエリーを購入するわけではない。用意した商品の中で気に入るものがあれば購入していくが、ただ眺めて終わりの日もある。

息抜きに使ってしまってすまない、と謝られたことがあるが、ただの冷やかしでないのなら立派なお客様に違いない。そしてたとえただの冷やかしだったとしても、そこを買わせる気にさせるのだって私の仕事のうちだ。

なんてことを説明したら、フェリシアンさんは「さすがだな」と微笑んでいた。それからは謝罪されるようなこともなく、気兼ねなくご来店いただいている。

「すごいね、ペラン。大正解だよ」

「これくらい、エマと常連客のこと知ってれば誰でもわかる」

ふんっと鼻を鳴らしつつも、少し自慢げである。

「ま、あの人ならエマのこと気に入ってるし、首突っ込んでも問題ないだろ。そもそもこの店の店長はおまえだしな。おまえのやりたいことはやるべきだ」

「け、結局ペランまで私に甘い。ベルとおんなじこと言ってる……」

「うっわ……」

「なんでそこで嫌そうな顔するの」

「あいつのおまえへの態度見てると、複雑なもんがあるんだよ」

げんなりと顔をしかめる様は、好きな子について語ってるようにはまったく見えない。

「私に甘いのはベルだけでいいんだけどなぁ」

「甘いっつーか、信頼だよ信頼」

その信頼に足る人間でいなければ、と背筋が伸びる思いである。これまでに培ってきた経験と知識はそれなりだが、まだあくまでそれなりでしかない自覚もあった。

ペランは「そんで……」と話を元に戻した。

「自覚させる方法の話だよな。ご令嬢に気づかれてもいいんなら、魔宝石に魔力込めてもらうのが一発だと思うけど」

「あっ、そっか、その方法が……！」

ぽんと手を打ってしまった。

精霊に愛された人間が魔力を込めると、魔宝石はその輝きを増す。それは私がこの世界に来た日、ティンカーベル・クォーツで実際にやったことだ。

しかし通常の人間であっても、その魔力に強く深い感情が込められていれば少しだけ輝きが変わるのだ。精霊は美しいものが好きだから、その感情が精霊基準で美しいものであればなんだっていい。愛でも恋でも友情でも。

ベルナデット様は魔宝石本来の輝きを愛しているから、ご自身の魔力を魔宝石に込めたことはないと以前おっしゃっていた。けれど今回は婚約指輪なわけだし、適切に説明すればやってくださるんじゃないだろうか。

それが恋であるかの判別はともかくとして、深い思いであることへの証明にはなる。きっかけさえあれば、自覚はそう難しくない……はず。

打開策が見つかった興奮で、ついぺしぺしとペランの背中を叩《たた》く。

「ありがとうペラン、助かった！」

「はいはい、お役に立てて何よりだよ。じゃあさっさと開店準備の続きやるぞ」

「はーい。雑巾片づけてくるね」

そうして一人目のお客様を接客中に、ふと気づいた。

……結局ペラン、ベルのこと好きだって自覚したタイミングの話はぐらかしたな!?


恋を自覚させる方法の方向性が定まったところで、次にやるべきことは石探しである。

グリーンダイヤモンドは淡い色が多い。それもまたもちろん可愛いのだが、ベルナデット様の瞳のお色となるとまったく違う。

ドラゴンの巣に行くのは本当の本当に最終手段にしたいので、まずは普段の伝手《つて》を片っ端から当たった。しかし知り合いの宝石商は全滅。だめ元で鉱床にも赴いて採掘させてもらったが、お目当ての石は手に入らなかった。そもそもグリーンダイヤモンド自体が珍しいのだから当然だ。求める色味があるのなら、探すのはさらに難しくなる。

……ここまでやれば、普段付き合いのない宝石商に声をかけることにも十分な正当性が生まれるだろう。というかたぶん、もっと前に声をかけてもいいくらいだった。

「――お初にお目にかかります、サニエ卿《きょう》。宝石店アステリズムの店長、エマと申します」

ベルナデット様の婚約者、サニエ卿の職業は宝石商であるが、同時に男爵でもある。仕事相手に失礼のないようにするのは当然のことではあるが、相手が爵位持ちとなるといっそう気を遣わなければならない。

「初めまして、ジュール・サニエです。本日はお越しいただきありがとうございます」

サニエ卿は微笑み一つ浮かべず、しかし対等な仕事相手としては認めてくださっているのか握手を求めてきた。

……仕事相手というわけでもないのに握手を求めてきたフェリシアンさんは、やっぱり貴族としては少し変わってるよな、と余計な思考がよぎった。

サニエ卿の瞳の色は、確かにベルナデット様がお持ちになったコニャックダイヤモンドそっくりである。こっそりと確認しつつ、軽く握手をする。

「こちらこそありがとうございます。突然の予約、申し訳ございませんでした」

促されるままにソファーに座ると、すぐさま秘書の方が紅茶とケーキを私の前に置いた。サニエ卿の前には紅茶だけ。

宝石商は無店舗販売の場合もあるが、サニエ卿は店舗を持っていた。少しこぢんまりとしてはいるが、趣味の良い調度品ばかりで、窓からの光の入り方もとてもいい。宝石を美しく見られる環境が整っている。

さっそくいくつかのボックスがテーブルに並べられる。

事前に色鮮やかなグリーンダイヤモンドを探していると伝えていたとおり、収められているルースはどれもそれなりに発色がいい。

ふむ……この品揃《しなぞろ》え、できれば今後も継続して取引したいところだ。

ちょうどそろそろ、取引先の新規開拓をしてもいいころなんじゃないかと思っていたのだ。今のところ取引を行なっているのは、一号店でも取引を行なっている宝石商だけだった。ベルナデット様の婚約者ともなれば、信頼性についてもまったく問題ない。

宝石商を経由せず、直接宝石市に赴くこともあるが、宝石市は本当に玉石混交だ。それに比べて、信頼のおける宝石商は玉しか扱わない。直接買い付けをするより高いとはいっても、求める宝石を探す選択肢としては上位に来る。もちろん私個人にとっては玉も石も美しいのだけど。

グリーンダイヤモンドをじっくりと観察する。やはりベルナデット様の瞳の色とは違うものばかり。強いて選ぶならこれ、と言えるものはあるが、そんなもので妥協はしたくない。

……色にだけこだわって探すのなら、たぶんペリドットが一番探しやすいんだろうなぁ。

「ご希望に沿うものはございませんでしたか？」

私の表情が芳《かんば》しくなかったからか、そう声をかけられる。

「素晴らしい石をご用意いただいたところ大変恐縮なのですが、求めている色とは違いまして……。よろしければ、ペリドットも見せていただけますか？」

「もちろんです」

サニエ卿が視線を送ると、秘書の方が奥の部屋へと下がっていった。

その間にどうぞ、と言われたので、ありがたくケーキと紅茶に舌鼓を打つ。濃厚なチョコレートケーキで、ほのかにオレンジの風味がした。甘さと爽やかさのバランスがちょうどいい。とろけるような滑らかな口どけに、少し緊張していたことも忘れてうっとりしてしまった。

ベルもこういうケーキ好きそうだな。今度同じようなのを探して買ってみよう。

サニエ卿も静かに紅茶を飲んでから、視線を上げて私を見た。

「差し支えなければ、石の用途をお聞かせいただけますか」

「ええ。ペアリングで、コニャックダイヤモンドの対となる緑の石を探しております。可能であればグリーンダイヤモンドで、と思っているのですが……」

「それは……色は、瞳に合わせて？」

肯定すると、サニエ卿は少し考えるそぶりを見せた。

「ペリドットもご覧になりたいということは、色のイメージとしてはペリドットが一番近いということですよね？」

「おっしゃるとおりです」

「であれば、ペリドットで十分ではないでしょうか。瞳の色に合わせたペアリングということなら、よほど宝石に詳しくない限り、色味しか気にしないでしょう」

……ば、ばっさり切るなぁ、この人。

まあ、私としてはこのくらい遠慮なく言ってくれたほうが話しやすくはある。でも今回の目的からすると、ベルナデット様を連想されるわけにはいかないから、なるべく情報を出したくない。どちらも宝石に詳しい方である、というのは言わないほうがいいだろうな……。

婚約指輪だからダイヤモンドが好ましい、というのも、この国では……というより、この世界では理由にならない。元いた世界とは違って、婚約指輪や結婚指輪に使う宝石の主流というものが存在しないのだ。

「……ご提案ありがとうございます。しかしやはり、可能であればグリーンダイヤモンドで作りたいのです」

「そうですか。差し出がましい提案でした」

そんなことを話している間に、秘書の方がペリドットの入ったボックスを持ってきた。

うん、やっぱりベルナデット様の瞳のイメージにはペリドットが近い。これなら、と思える色味のものが一つあった。

……でも結局ペリドットで妥協するなら、店の在庫にこれとほぼ同等の石があるんだよね。ここでこのペリドットを買って、今後の取引の足がかりとするのもいいだろうけど……うーん。

やっぱり、ぎりぎりまで諦めたくはない。

「サニエ卿。難しい話であることは承知のうえで依頼したいのですが、一週間以内にこちらの色に近いグリーンダイヤモンドが手に入った際には、連絡をいただけますか？」

私が指で示したペリドットを、サニエ卿はじっと見つめた。

……心なしか、眉間に皺《しわ》が寄っているような。最初から今までずっと不愛想ではあったけど、こんな顔つきはしていなかった。

傍《そば》に控えていた秘書の方が、「ジュール様」と小声で彼の名前を呼ぶ。

「………何だ。あれを売り物にする気はないぞ」

ものすごく不機嫌な声音に、ちょっとびっくりして目を丸くしてしまう。

なる、ほど？　取引相手の前でこんな声を出すような方、となると、申し訳ないが噂の信ぴょう性も高く感じてしまう。つまり、『偏屈で不愛想でケチな宝石商』。もちろんベルナデット様があんなふうに語られるのだから、あくまでただの一面なのだろうけど。

グリーンダイヤモンドもペリドットも上質なものばかりだったし、ちゃんとこちらの話を聞いてくれる耳も持っている。提案だって理に適《かな》っていた。値段もそれ相応だし、取引先として問題はないだろう。

「お見せするだけお見せしたらいいんじゃないですか？　ずっとしまい込んで、誰にも見られることのない宝石に何の意味があるんですか」

「あれは『ある』というだけで意味があるんだ」

「持ってきますね」

「おい！」

サニエ卿が嚙《か》みつくような勢いで声を荒らげても、どこ吹く風。秘書の方はにっこりと笑って、先ほどとは別の部屋に向かった。

ベルナデット様は、秘書の方をおせっかいと表現していた。その意味が少しわかった気がして、ついサニエ卿のことを生温かい目で見てしまう。なんというか……振り回されて苦労していそうだ。

商売の相方として傍に選んでいるからには、この強引さが必要となる局面もあるのだろう。

サニエ卿は追いかけるか悩んだのか、一度腰を浮かしかけ、結局ため息と共に座り直した。

「……申し訳ない」

「いえ……ですが、こちらのペリドットの色に近いダイヤモンドをお持ちなんですか？」

「売り物ではありませんけどね。個人的な所有物です」

苛々《いらいら》とした気分を落ち着かせるためか、サニエ卿は紅茶をゆっくりと飲む。

私にだって個人的に所有している宝石はいくつかあるし、そういったものはよほどの理由がない限り売り物にするつもりはない。秘書だというのなら、その辺りはちゃんと把握しているだろう。

そのうえで、彼が取りにいった理由は……サニエ卿が、『ずっとしまい込んで』いるから？

宝石とただの石の違いは、美しさにある。そして美しさというのは、人間が見て定めるもの。乱暴にまとめてしまえば、見る人が誰もいない宝石に価値はないのだ。

宝石商であるなら、それは理解しているはず。にもかかわらず、ずっとしまい込んでいるだけの宝石……？　いったいどんな石なのか気になってきてしまった。

少々そわそわしながら待っていると、私の内心に呼応したかのように、精霊たちがせわしなく動き始める。それとも、これから持ってこられるダイヤモンドに期待して、だろうか。

少しして、秘書の方が小さなルースケースを持って戻ってきた。そして演技がかった恭しい動作で、それを私の前に差し出す。

「いかがですか？」

歓声が出そうになった口を、咄嗟に閉じる。

しかしそれでも、自分の目がきらきらと輝いているだろうことはわかった。

美しい、とても美しいグリーンダイヤモンドだった。

華やかさを感じる、鮮やかな緑。春の息吹を感じさせるような、爽やかな初夏の風を思わせるような、眩しい魔力の光が舞っている。

ベルナデット様の瞳を表すのなら、このダイヤモンドしか存在しない、と思うほどだった。

私がそう思うのだから、おそらく……いや、十中八九サニエ卿だってそうだ。ベルナデット様のことが好きなら、確かにこの石は手放したくないだろう。

けれど、でも……それなら、なおさら。

このダイヤモンドで作った指輪を、彼にはめてほしいと思った。

しまい込まずに毎日見て、その美しさに感動してほしい。そして同時に、ベルナデット様への愛だってよりいっそう感じてほしい。

どうすればこのダイヤモンドを売ってもらえるか、瞬時に頭を巡らせる。

私が持っているサニエ卿の情報は多くない。しかしきっと、『ベルナデット様を好き』というのは相当大きな情報であり、彼の弱点だ。

まずは軽く動揺を誘うために、探り探り口を開く。

「……これは確かに、手放しがたい石ですね。ベルナデット様の瞳にそっくりです」

――ガチャン、と派手な音を立てて、ティーカップが床に落ちた。

幸か不幸か、絨毯《じゅうたん》のおかげでカップが割れることはなかった。その代わりに中に残っていた紅茶が染みを作って、秘書の方が呆れた声を出す。

「何やってるんですか、お客様の前で。申し訳ございません、この方はレディ・ベルナデットのこととなるといつもこうでして」

「いえ……こちらこそ考えなしに発言してしまい申し訳ございません」

むしろ考えたからこその発言だったのだが、そう謝罪しておく。全然軽い動揺じゃなかった……。

サニエ卿は「だ……なっ、ど……」と口をぱくぱくと開け閉めしていたが、すぐにはっとして、わざとらしく咳払《せきばら》いをする。

「し、失礼。あなたは彼女の……その、ご友人ですか？」

「友人だなんて、恐れ多いです。常連のお客様なので、それなりに長いお付き合いはございますが。この度は、と申し上げるには遅くなってしまいましたが、ご婚約おめでとうございます」

「……………」

微笑んで祝福すると、サニエ卿は途端に真っ赤になって黙り込んでしまった。

色の組み合わせを示したうえでベルナデット様のお名前を出すというのは、ある種の賭けだった。それだけで感づかれてしまう可能性もなくはないのだから。けれどお二人の婚約関係を知っている立場であれば、一応不自然な発言ではなかったはずだ。それに、堂々とベルナデット様のお名前を出せば、逆にばれないのではないかとも思った。

幸い予想は当たったわけだけど……この様子だと、本当に全然ばれなそうだな。予想以上に効果があったようで、なんだか申し訳なくなる。ここから畳みかけてもいいものだろうか。

ちらりと窺《うかが》うように秘書の方に目を向ければ、何をどう思ったのか、深くうなずかれる。都合のいいように捉えちゃっていい、のかな？

とりあえずサニエ卿はとても話せるような状態ではなさそうなので、続けさせていただくことにした。

「ベルナデット様は先日も来店されまして、そのときにご婚約のお話を伺ったのです。トルマリンの指輪も拝見いたしましたが、本当に素晴らしい石で……だからこそ、サニエ卿であれば私の求めるグリーンダイヤモンドもお持ちなのではないかと考え、アポイントメントを取らせていただいた次第です」

「……そう、ですか」

「……見れば見るほど、こちらのダイヤモンドはベルナデット様の瞳に似ていますね。これ以上なくベルナデット様にふさわしい石だと感じます」

「…………そうですね」

それだけの返事がやっと、という感じだった。この方、ベルナデット様のこと……やっぱりものすっごく好きなんじゃないかなぁ。

ど、どうしよう。

表情に出さないようにしながらも、内心でかなり困ってしまった。

だって、ベルナデット様の話を出しただけでこれなら、ベルナデット様から指輪なんてもらった暁にはどうなる？　恋の自覚の有無にかかわらず、幸せすぎて倒れるんじゃないだろうか。

……いや、でも、幸福に『過剰』なんてものはないはずだよね。当初の予定を貫けるようなら貫こう。

「サニエ卿も、ベルナデット様のことを想《おも》ってこのダイヤモンドをご購入されたのですか？」

先ほどまで赤かったサニエ卿の顔が、今度は徐々に青ざめていくのがわかった。こ、こんな青ざめる要素のある質問だとは思えないんだけど、何が気に障ったんだろう。

謝罪と共に質問を撤回しようとしたとき、先にサニエ卿の口が開いた。

「彼女には、秘密にしていただけますか」

弱々しい声だった。

「このダイヤモンドがご所望でしたら差し上げます。その代わり、彼女には私がこれを持っていたことを言わないでください」

――これじゃあ私、悪役みたいじゃない？

みたい、というより、事実そうなのだろう。慣れない画策なんてするものじゃない。

確かに売ってもらえるように仕向けたかったけれど、それはベルナデット様のご友人なら……とか、そういう厚意をくすぐる形を想定していて！　全然こんな、脅しみたいなことをするつもりはなかったのだ。

でもそっか、ベルナデット様に好意が伝わらないように振る舞ってるんだもんね……。確かにご本人的には口止めをするしかないだろう。私が軽率だった。

慌ててルースケースをサニエ卿のほうに押し出す。

「そ、そんなわけにはまいりません。サニエ卿はこのダイヤモンドを特別に思っているのでしょう。サニエ卿が持つべき宝石です」

「いえ。ずっとしまい込まれるだけの宝石に意味なんてありませんから」

「『ある』というだけで意味があるのだと、先ほどおっしゃっていたではありませんか」

「あんなものは詭弁《きべん》です」

声に力はないのに、態度は頑《かたく》なだった。崩せそうになくて、思わずうめきそうになってしまう。

こんなの、だめだ。こんな経緯で手に入れた宝石でペアリングを作ったところで、サニエ卿の幸福には陰りが生まれてしまうだろう。

グリーンダイヤモンド自体は手に入れたい。けれど、サニエ卿が喜んで手放すような、そんな流れを作らないと……。

視線をさまよわせて考え、ぐっと顔を上げる。

「……サニエ卿。宝石店の店長ではなく、一個人として話をさせていただいてもよろしいですか」

彼は訝《いぶか》しげにしながらも、「どうぞ」と促してくれた。

「ありがとうございます。おそらくサニエ卿は、この宝石のことを知ったベルナデット様がご不快に思うと考えられたのでしょうが、ベルナデット様の知人……友人、として言わせていただくのであれば」

一度言葉を区切る。

友人を名乗るのはおこがましい。けれど……ベルナデット様と一番話が合って、楽しい時間を過ごせる人間は私だという自負もある。

ベルナデット様の魔宝石愛に並び立てる人間がまず少なく、そして歳《とし》の近い同性となればますます少ない。きっと彼女の周りには、そんな人間私しかいないだろう。

——もう認めよう。私は、彼女のことを友人だと思っている。だからこんな余計な首を突っ込んで、そして見事に失敗しかけているのである。

身分差も、あの圧倒的な美しさも、友人と思うには高い壁ではあるけど。認めないと、ここで話ができない。

小さく深呼吸をして、私は同じ言葉をもう一度繰り返して続けた。

「……友人として言わせていただくのであれば、絶対にありえません。むしろベルナデット様なら喜ぶでしょう」

「……なぜ？」

「理由は二つあります。一つ目は、ベルナデット様が魔宝石を愛しすぎているからです。これほど美しいグリーンダイヤモンドを前にして、彼女がその入手経緯や意味なんて気にすると思いますか？」

はっきりと自信満々に尋ねると、サニエ卿は少し呆《ほう》けたような顔をした後、「しないな」と私と同じように言い切った。

「はい、確実にありません。そして二つ目の理由として、そもそもベルナデット様は現時点でサニエ卿に悪感情を抱いていません」

「そ、それは……ありえないだろう」

「ベルナデット様はサニエ卿のことを語られるとき、すごく楽しそうでしたよ」

「はっ……？」

ぎょっと目を見開いて、サニエ卿は固まった。

……あんなに優しい顔で話していたベルナデット様を思うと、彼女の気持ちがまったく伝わっていないことが悔しくなる。もしかしたら、サニエ卿といるときにはわかりにくい態度なのかもしれないけど。

「嫌いな人や無関心な人のことを語るときに楽しそうにするなんて、そんな器用なこと、ベルナデット様にはできないでしょう」

「確かに……できない、だろうが……」

こういう部分で意見が一致するのが少し面白い。いや、面白がっていいような場面では全然ないのだけど……。

こほんと咳払いをして、結論を告げる。

「では、ご納得いただけたところで、このダイヤモンドをベルナデット様に堂々とお見せになったほうがよろしいかと思います。ベルナデット様が一番可愛らしい顔をされるのはいつですか？」

「……美しい魔宝石を見ているとき」

「ええ。そして、このグリーンダイヤモンドは文句なしに美しいです。ベルナデット様も目を輝かせることでしょう。せっかくなら、指輪にお仕立てするのはいかがでしょうか。非礼への謝罪とご婚約祝いを兼ねて、無償で承ります。……もともと依頼を受けていた指輪は、別の石で作ることにいたしますので」

嘘《うそ》をつくことになるのが少々心苦しい。

勢いで押してしまったけど、無理やりすぎる理屈だろうか……。でもベルナデット様のことを知っている方なら、十分納得できるはずだよね。

不安と緊張はおくびにも出さず、私はサニエ卿に向けて微笑んだ。サニエ卿はじとっとした目で見つめ返してきた。

「……おまえ、何を考えている？　いくらなんでも、無償でなんて怪しすぎる」

さっきから敬語じゃなくなってるな、とは思っていたけど、ついには『おまえ』とまで言われてしまった。まあ、仕事の立場を一旦置いて、一個人として話し出したのは私である。蔑むような色も含まない単純な二人称に、何か思うようなことはなかった。

怪しむサニエ卿に、私は堂々と胸を張って答えた。

「ベルナデット様の幸せを、何よりも考えています」

「ふん……まあいい。その話、受けよう」

あからさまに不承不承という様子ではあったが、なんとかうなずいてくださった。無理やりでもなんでも、彼女のためとなれば呑《の》み込《こ》めるらしい。

どうにかなりそうでよかった……。表情に出さないようにしながら、内心ほっとする。

「僕もこんな美しいものをそのままにしておくのは、少しもったいないと思っていたところだ」

「では――」

「ああ、彼女に贈る指輪を」

……………う、うーん、確かにこの流れだとそうなるかぁ。サニエ卿の指輪を作りたいんだけど、どう説得すればうなずいてくれるものか。

密《ひそ》かに困った私を救ったのは、秘書の方の言葉だった。

「これで自分の指輪を作るぐらいの度胸はないんですか？」

「……アクセル。おまえ、今日はやけに遠慮がないな。仕事中だぞ」

サニエ卿は彼をじろりと睨《にら》む。

しかしアクセルさんは飄々《ひょうひょう》と微笑んだ。

「エマ様がレディ・ベルナデットのご友人であることは、元から存じておりましたので……」

「は？　僕は知らなかったが」

「会話が足りてないんですよ。とりあえず私から言えることは、このグリーンダイヤモンドでご自身の指輪を作られたほうがいいということです。絶対に」

「……理由は」

「ジュール様がベルナデット様ともっとお話しされていたらわかったでしょうね」

ぐうっとサニエ卿の眉間に皺が寄った。

な、なるほど。察するに、ここまでのアクセルさんの態度はあえてのものだったのだろう。私に合わせた接客……というより、場に合わせた接客か。今ベルナデット様の呼び方を変えたことすら計算に思える。

そっとアクセルさんに視線を向けると、彼の笑みが深まった。

……うーん、この調子だと、私が何を作りたいのかも知っていそうだ。ベルナデット様から直接話を聞いているのだろうか。ベルナデット様は随分と彼のおせっかいを受け入れているようだったし、十分にありえる。

サニエ卿は難しい顔で黙り込んでいたが、やがて苦々しくため息をついた。

「……わかった」

「信頼していただけているようで何よりです」

にっこり笑ったアクセルさんに、サニエ卿は何も返さなかった。肯定するのも癪《しゃく》だと思ったのかもしれない。

仏頂面で、サニエ卿は私に視線を戻した。

「エマさん。彼女に贈る指輪ではなく、私の指輪の作製をお願いします」

「か、かしこまりました！」

棚からぼた餅……は少し違うか。とにかく、最善に近い形でこの美しいグリーンダイヤモンドを指輪にできることになってよかった。

こちらの指輪は宣言どおり無償で作るつもりだが、ベルナデット様のほうの指輪も無償にするべきだろうか。いくらベルナデット様相手でもサービスしすぎか……？

その辺りは副店長のノエルさんとも相談しよう。

「デザインのご希望はございますか？」

「できる限りシンプルなもので。石もこれだけを使ってください」

……………っ、作り甲斐《がい》がない!!

がっくりしそうになるのをこらえて、笑顔で「かしこまりました」と承諾する。

お客様の希望第一である。それに何より、シンプルなデザインの指輪は、それだけメインの石自体が目立つんだから。

けれどペアリングとなると、ベルナデット様の指輪もデザインを合わせなければならない。私の好きなようにデザインしてほしいと言われてはいるが、手抜きと思われないだろうか。

……まあ、あの方の目的はサニエ卿を喜ばせることなんだから、心配ないかな。

ベルナデット様からご注文いただいた際、サニエ卿の指のサイズは教えられていたが、怪しまれないよう改めて確認させていただく。

セミオーダー用の指輪サンプルをいくつか用意してあったので、それをもとにデザインの細かい部分を詰めてから、グリーンダイヤモンドを持ち帰らせていただくことになった。

「それでは、本日はありがとうございました。ご用意できましたらご連絡いたします」

「こちらこそありがとうございました。よろしくお願いします」

サニエ卿に挨拶をして、店を出る。

店の外まで、アクセルさんが見送りをしてくださった。店内での飄々とした態度とは一転、申し訳なさそうに眉を下げ謝罪してくる。

「失礼な態度を取ってしまい、申し訳ございませんでした。ベルナデット様からペアリングを作るおつもりだと伺っていましたので、絶対にあのダイヤモンドを使うべきだと思いまして……」

「ああ、やはりそうだったんですね」

予想どおりだったことに小さく笑ってしまった。ことが終わったら、ベルナデット様にもお礼を言わなければ。

「謝罪を受けるようなことではありません。むしろ感謝させていただきたいところです。あなたがいらっしゃらなければ、そもそも私はこのグリーンダイヤモンドの存在すら知りえなかったんですから」

「そう言っていただけると恐縮です」

安堵《あんど》したように微笑むアクセルさんに見送られ、私は帰路についた。

といっても、ダイヤモンドや諸々《もろもろ》の荷物をアステリズムに置いたら、またすぐに出かけるのだけど。外出の用事は一日にまとめてしまおうと思って、今日はこの後シェノンパールの採取に行く予定なのだ。

シェノンパールとは、シェノンシェルという貝の魔物から採れる真珠だ。つややかな黄色が特徴で、光の加減によっては夕焼けのようなオレンジにも見えて美しい。

基本温厚な性格で、私に好意的なことが多い。お願いすると、ぱかっと口を開けて真珠を採らせてくれるのだ。正直めちゃくちゃ楽なんだよね……。普通の貝だったら加熱しないとそんなに大きく口を開けないと思うのだが、魔物だから体の仕組みが違うのだろう。

アステリズムの店内に入ると、ノエルさんがちょうど接客をしているところだった。初めて見る男性のお客様で、優男、という雰囲気の方だ。

彼は私に気づくと、ぱっと笑顔になった。

「君もこの店の店員？」

「はい。本日は……ネックレスをお探しですか？」

ノエルさんが彼の前に並べているのは、特に石やデザインに共通点のない数点のネックレスだった。女性へのプレゼントだろうか。

「うん、贈り物として。君のおすすめも教えてくれる？」

「かしこまりました」

ネックレスを確認するそぶりを取りながら、ノエルさんにアイコンタクトを取る。微《かす》かに首を振られたので、どうやらまだターニャは来ていないらしい。

この後の採取の護衛は、またターニャにお願いしている。前の予定にかかる時間が正確にはわからなかったので、店に直接来てもらい、私が帰ってきていなければ奥の小部屋でお茶でも飲んでいるように伝えてあったのだ。

とりあえずターニャが来るまでは接客をしていてもよさそうだ。ノエルさんに引き継ぐタイミングがなさそうだったら、ターニャには申し訳ないけど少し待っていてもらうしかないか……。

そんなことを考えながら、男性に質問をする。

「お相手はどのような方でしょうか？」

「そうだなぁ。君みたいな人に贈りたいかな」

思わぬ返しに、え？　と声を出さなかった私はよくやったと思う。

にこにこと顔を覗《のぞ》き込《こ》んでくる男性にまごついていると、ノエルさんが窘《たしな》めるように「お客様」と呼んだ。

「ははっ、ごめん。美人だからこういうのも慣れてるかと思っちゃった」

「……恐縮でございます」

日本人の顔が物珍しく感じただけだろうが、軽く頭を下げておく。

アナベルが美少女ということもあって、昔は比べられるようにからかわれることも多かった。私が何か反応する前に、アナベルがいつもすぐさま言い返してくれていたから、今ではむしろいい思い出になってさえいるのだけど。

だってキレてるベル、そういうときじゃないと見れないから……新鮮で可愛くて……。ぷんぷん怒る、くらいならペランと話してるときによくあるんだけどね。

「まあでも、実は贈る相手は決めてないんだ。君の好みでおすすめしてくれていいよ」

私のお店なので私好みのジュエリーしか置いていないのですが。

とは言えないので、苦渋の思いで一つのネックレスを選ぶ。

「この中でしたら、こちらのピンクトルマリンのネックレスをおすすめいたします。宝石にはそれぞれ石言葉というものがございまして、ピンクトルマリンは『思いやり』という石言葉を持つ宝石です。どんな関係性の方であっても、贈り物としてふさわしいのではないかと存じます」

そう語りはしたものの、相手を思いやるような石言葉は他の宝石だって持っている。それでも私がピンクトルマリンを選んだのは、この中で一番アナベルの瞳の色に近かったからだ。つまり私情。とはいえ、ちゃんと他に理由があったうえで、お客様が納得してくださるのなら問題ないと考えている。

男性は私が示したネックレスをしげしげと眺め、口元をほころばせた。

「じゃあこれにしようかな。可愛い色だね」

「ええ、とても可愛らしいですよね。お気に召していただけて幸いです！」

「……こっちの青いのも綺麗《きれい》だね？」

「ありがとうございます！　こちらも実はトルマリンでして、少し薄い色味が、儚《はかな》げな魅力を引き出していて美しいですよね」

私の答えに、男性がぷっと噴き出した。

笑われる要素あった……!?　何かやらかしてしまったかとひやひやしながら、「ど、どうかなさいましたか？」と確認する。

「ふ、ふふ……あはは、自分が褒められたときと大違いの反応だ」

……また少しはしゃいでしまっていただろうか。お客様の前では自重しているつもりだったけど、もしかしてあまりできていない？

「……申し訳ございません」

「謝る必要なんてないさ。面白いからね。ああ、あと、そっちの人安心して。この子を口説く気はないよ。俺に興味のない女の子との距離感は、ちゃんとわきまえてるつもりだから」

ノエルさんがどんな顔をしていたのか、男性はくすくすと笑いながらもそうつけ足す。

俺に興味のない女の子、とはすごい言い様だ。自分がモテることに自覚的でなければ出てこない言葉だろう。

「それじゃあ、こっちのピンクのやつを買おうかな」

「ありがとうございます。それではあちらにお座りになってお待ちください」

お会計はノエルさんに任せることにして、荷物を片づけるために移動しようとしたところでドアベルが鳴った。入ってきたのはターニャだった。

お客様の手前あまり気安い態度も取れないので、こっそりと小さく手招きをする。ターニャはこくりとうなずいて、私の後についてくる——のを、男性が目を見開いて見つめていた。

「お客様、何か気にかかることがございましたか？」

声をかけると、彼ははっとしたように首を横に振った。

「い、いや、なんでもないよ」

そう言いつつ、視線はずっとターニャに向いている。……心なしか、頬《ほお》が赤くなっている、ような？　その奇妙な様子に、ターニャは怪訝《けげん》そうに首をかしげた。

そこでようやく自分の状況を客観視できたのか、男性は気まずそうに咳払いをし、姿勢を正した。

そしてターニャに微笑みかける。

「……失礼しました、ええっと……お、俺はユリス。あなたのお名前をお聞きしても？」

「……ターニャ」

困惑しながらも、ターニャは名乗り返す。それを聞いただけで男性は表情を輝かせ——これは、もしかしなくとも。

人が一目惚《ひとめぼ》れをする瞬間に立ち会ってしまったのではないだろうか。

本人に自覚はないものの、ターニャは可愛らしく魅力的な女の子だ。その外見に惹かれる人は少なくないだろう。

しかしどう考えても、ターニャも私と同じく『彼に興味のない女の子』だ。

わきまえていると言った言葉どおり、彼はそれ以上ターニャに何か訊いたり話したりするでもなく、そそくさと会計を済ませて帰っていった。「また来るね」と言い残して。

ターニャはその背を見送って、きょとんと目を瞬いた。

「……何だったんだ？」

「うーん、ターニャのおかげで常連のお客様が増えた、かも……」

彼女はうちの従業員ではないですよ、と教えてさしあげるべきだっただろうか。

サニエ卿とベルナデット様。ユリスと名乗った男性客。

こうも立て続けに『恋』を見ると、私もそれに触発されて――とは一切ならない。そのことにほっとした。

私は今日も揺らぎなく、仕事一筋……仕事と宝石と家族三筋である。

というのを、フェリシアンさんを前にしているとしみじみ感じる。この方にときめかない平穏な精神でよかった。

フェリシアンさんは今日も息抜きを兼ねて、ジュエリーを見にきていた。フルオーダーの相談ではないので、応接室ではなく通常の店内で座っていただいている。

セレスティーヌ様のイヤリングを作ってからというもの、貴族のお客様からの予約や来店がひっきりなしにあった。宣伝効果の高さをひしひしと感じる。お客様の中にはフェリシアンさんについて恥ずかしそうに訊いてくる女性もいらっしゃるので、フェリシアンさんがこの店の常連になったこともある程度広まっているのかもしれない。

もう私、このご兄妹《きょうだい》には絶対に足を向けて寝られない……。

フェリシアンさんは大抵、見るジュエリーやルースについてはお任せにしてくださる。

今日も私のおすすめを見せてほしいとのことだったので、ダイヤモンドばかりを並べてみた。この後にはベルナデット様のご予約――婚約指輪の引き渡しがあるためか、なんとなくダイヤを紹介したい気分だったのだ。

いくつかの商品を紹介していると、ふとフェリシアンさんが小さく首をかしげた。

「……なんだか今日は、いつもより嬉しそうだな。何かいいことでも？」

そ、そんなに顔に出てたのかな。接客中だというのに情けない。

「いいこと、というか……この後、楽しみなことがありまして。気がそぞろになっていたようで申し訳ございません」

「いや、構わない。むしろもっと気を抜いていいくらいだ。そのほうが私にとってもいい息抜きになる」

「心地よい場を提供できているのなら何よりですが、この店の店長としてそこまで気を抜くことはできません」

「きみならそうだろうな。ところで……楽しみなこと、というのを詳しく訊いてもいいだろうか？」

フェリシアンさんは目の前のダイヤモンドより、私の話に興味を惹かれてしまったようだ。十分楽しんで見てくださったのはわかっているから、残念というわけでもないのだけど。

店内に他のお客様はいらっしゃらないし、少しくらい雑談をしても平気だろう。念のため店の外にも気を配り、いつでも口を閉じられる用意をしつつ話し始める。

「この後引き渡しするお品が、婚約指輪なんです。友人……のように思っている方からのご注文なので、反応や結果が楽しみで」

内心では友人と認めてしまったとはいえ、やはり口にするのは少々気恥ずかしい。これが私の一方通行な友情だとしたらもっと恥ずかしいな。

……そういえばフェリシアンさんも、私と友人になりたいとかおっしゃってたんだっけ、とふと思い出す。あれからあまりそんなそぶりは見せないが、割と……その、だんだん気を許していっている自覚は、ある。

だってどれだけ宝石について語っても、興味深そうに聞いてくださるから……!! 気になることがあれば質問もしてくださるから、いつもついつい熱を入れて話してしまうのだった。

「婚約か、それはめでたいな。きみの知人が祝福していたと伝えてくれ」

「ええ、承りました。ありがとうございます」

顔をほころばせたフェリシアンさんに、こちらも微笑んでお礼を言う。

ここできみの『友人』と表さない辺り、距離感の取り方がお上手だ。私もこれくらい人付き合いがうまくなりたいな……。接客スキル向上にも繋《つな》がるだろうし。

フェリシアンさんは、並べられたままのダイヤモンドのジュエリーに目を向けた。

「もしかして、その婚約指輪の宝石はダイヤモンドなのか？」

「……確かにそうですが、なぜそうお思いに？」

「いつもは数種類の宝石を見せてくれるのに、今日はダイヤモンドだけだったから、よほどダイヤモンドのことを考えているんだろうと思ったんだ。もちろん、それに不満があるわけではない。一つ一つ美しいことに変わりはないからな」

た、単純な思考が見透かされすぎていて……恥ずかしい……!! フォローまでしてくださったのが余計にいたたまれない。

羞恥で顔が熱くなるのを感じながら、「申し訳ございません……」とつい謝罪する。謝罪を求められていないことはわかるが、それでも口にせずにはいられなかった。

「気にしないでくれ。また次も、きみの勧めるジュエリーを楽しみにしているよ」

「次のご来店時には何か特別な宝石をご用意させていただきますので……！」

「……用意に時間がかかるようであれば、私としてはいつものほうが嬉しいんだが」

心なしかしゅんとした顔で言われてしまった。

確かにご自身の来たいタイミングで来られたほうが、息抜きにはちょうどいいだろう。配慮の足りないご提案だった、と反省する。

「でしたら、何かご用意できたらお見せしますね。それまで何度だって、お好きなときにいらしてください。いつでもお待ちしております」

「ああ、そうさせてもらう。ありがとう」

穏やかに小さく微笑んだフェリシアンさんが、「そういえば」と話を切り替えた。

「友人というのは女性か？」

「ええ、そうですが……」

「なるほど、女性が婚約指輪を用意することもあるのか」

何かを考え込むように、口元に手を当てる。

「……だとすればセリィも自分で用意したいだろうな」

「セレスティーヌ様にご婚約のご予定が!?」

思わず大きな声が出てしまって、慌てて口を閉ざす。

アナベルと同じ年ごろだろうから、セレスティーヌ様は十五歳前後。貴族であればもっと幼いころに婚約されていても不思議ではないが、それでも……妹を持つ立場からして、考えただけで悲鳴を上げたくなる。

打ち震える私に、フェリシアンさんは首を横に振った。

「いいや、まだその予定はない。だとしても、きっとセリィも婚約指輪は男性が用意するものだと思い込んでいるから、知れば喜ぶ情報だろう」

「そ、そういうことでしたか。確かにセレスティーヌ様であればお喜びになるでしょうね……」

安堵しつつ、それでもいずれ来る未来を思って、なぜか私が寂しくなってしまった。

冷静な表情を取り繕って、姿勢を正す。

「その際にはぜひ当店をご利用いただけますと幸いです。セレスティーヌ様も、そしてフェリシアンさんも、当店にとって特別なお客様です。全力を尽くして、素敵な指輪を作り上げます」

「ありがとう、伝えておこう。もしその機会があれば、また採取に同行してもいいだろうか？」

「セレスティーヌ様がどのような宝石をご希望されるかにもよりますが、ぜひ」

そんな大事な指輪を任されると思うと、今からそわそわしてしまった。まずはうちの店を選んでいただけるように、今後も良好な関係を築かせていただかないと……！

もちろん、別の店の指輪を選んだとしても、心から祝福させていただくつもりだ。指輪とはまた違った、特別なジュエリーを作って贈るのもいいかもしれない。

そんなことを考えていると、フェリシアンさんがくすりと微かな笑いをこぼした。

「本人の意思も聞かず、気の早い話をしてしまったな」

「ふふ、そうですね。ですがあらかじめ覚悟を決めて細かく想定しておかないと、いざそうなったときにショックで行動できないかもしれませんから」

「……それは、きみの妹が結婚するときに、という話か？」

「えっ、それもそうですし、セレスティーヌ様のご婚約のときに……フェリシアンさんもそうなられるかな、と……？」

もしかして、勝手にシスコン仲間だと思っていたのは間違いだったんだろうか……。想定と少しずれた反応に不安になってしまう。

フェリシアンさんはふむ、と何かを想像するような顔をした。

「いや、ショックは受けないだろうな。喜ばしいだけだ、と言うと嘘になるかもしれないが、それでもせいぜい少し寂しくなる程度だろう。きみの期待に応えられず残念だが……」

「い、いえ、残念だなんて。私が勝手に失礼な親近感を覚えてしまっていただけですので……！ですが、そうですか。ショックを受けない……受けないんですね……？」

それはなんというか、私よりも……すごく健全に、セレスティーヌ様のことを愛している、ような気がする。私のベルへの愛情が不健全だ、とまでは言わないけれど。

「一緒に過ごしてきた時間が違うからかもしれないな。私もセリィも、それぞれ別の教師のもとで教育を受けていたし……私は六年間寄宿学校にも行っていた。きみの場合、妹と離れている期間は今までほとんどなかったんじゃないか？」

学校は庶民には縁のない話だが、貴族にはそういう教育機関があると聞いたことがあった。寄宿学校ということは、おそらく長期休暇以外に家族団欒《だんらん》の時間は取れないだろう。

「確かに私の場合は、妹が生まれてから毎日必ず顔を合わせて話しています。そこの差はありそうですね……」

「セリィが小さいころには、休暇中にしか会う機会がなかった。字の練習も兼ねて、手紙はよく送られてきたよ。最初は読むのに苦労したが、字形も文章もどんどんと整っていくのが面白くて、成長記録として取ってある。……セリィには内緒にしてくれ」

そう言って、フェリシアンさんは悪戯っぽく笑った。想像して、あまりの微笑ましさに私もつい笑ってしまった。

成長記録……。いいなぁ、とちょっと羨ましくなってしまった。アナベルの成長がわかるような記録はほとんど残っていない。日記でもつけておけばよかった。でも毎日毎秒可愛かったから、そんなことを思いつく暇もなかったんだよね……。

胸に後悔を浮かべつつも、フェリシアンさんに向けて深くうなずいてみせる。

「もちろん、内密にいたします」

「ありがとう」

フェリシアンさんは壁時計に目を向け、「つい話し込んでしまったな……」と名残惜しそうな顔をした。

「そろそろ帰ろうと思うが、めでたい話を聞いたついでに、このネックレスをもらえるか？　セリィが好きそうなデザインだ」

「かしこまりました！　ケースをご用意いたしますので、少々お待ちくださいませ」

三色のダイヤが連なったネックレスは、シンプルながらもとても可愛らしい。セレスティーヌ様はこういうデザインもお好きなんだな、と頭に入れておく。

会計を済ませ、フェリシアンさんをお見送りした後、さて、と深呼吸をする。

ベルナデット様のご予約まで、あと一時間ほど。

打ち合わせのとき、シンプルすぎるデザインを見て「エマのことだから、何か意図があるんでしょうね」と楽しみそうに微笑んではくださったけど……気に入っていただけるといいなぁ。

ご予約の時間までは、他のお客様がいらっしゃったときに対応できるよう待機する。同じく待機していたノエルさんから声をかけられた。

「エマさん。奥で紅茶を飲みますか？」

業務時間内にお茶を勧められたのは、これで二度目だった。一度目は、エメラルドのイヤリングを納品した日。

「……もしかして私、また緊張しているように見えますか？」

「少しだけ」

優しく微笑まれて、いたたまれない気持ちになった。

「すみません……落ち着きのない店長で……」

「いいえ、そんなことはありません。頼りになる素敵な店長さんです」

頼りになる筆頭にそんなことを言われてしまって、私はどうすれば……。とりあえず身を縮こませて、ありがとうございます、となんとかお礼を伝えた。

「でも、紅茶は大丈夫です。エメラルドのときほどは緊張していないので」

「それならいいのですが……」

何かを考えるそぶりを見せて、ノエルさんは再び口を開いた。

「先ほどアチェールビ伯爵と、妹についてのお話をしていましたね」

「え、は、はい」

業務に関わることや気遣い以外で、ノエルさんからこうして話題を切り出されることは今までなかった。いや、これも気遣いの一種なのかな……私の緊張をほぐそうとしているんだろうか。

戸惑いつつも続く言葉を待てば、ノエルさんは穏やかな口調で言った。

「私に兄弟はいませんが、妹や弟のように思っている相手ならいます」

そんな個人的な話を聞かせてもらっていいんですか……!?

外の様子を窺っていたペランが、ちらっとこちらを見る。ペランも気になるんだろう。もう長い付き合いになるけれど、ノエルさんは謎に包まれた人だった。兄弟がいない、という情報さえ初めて知ったくらいなのだから。

「私の知っている人でしょうか？」

少しどきどきしながら尋ねると、ノエルさんはにこりと微笑んだ。

「ええ。あなたたちです」

「……ええっと？」

「エマさん、ペランさん、アナベルさんのことです」

わざわざ丁寧に全員の名前を挙げてくれた。聞き耳を立てていたペランが、えっ、という顔をしている。私もびっくりしてしまった。

可愛がってくれている、のは感じていたけれど。……まさか妹や弟のよう、とまで思っていてくれたなんて。

「あなたたちのことは、小さなころから知っています。今に至るまで、どれだけ努力してきたかも。勝手に誇らしく思ってしまっているんです」

だから、と。ノエルさんらしくない、力のこもった声で続ける。

「だから、大丈夫です。心配ありません。お客様のことを思って緊張できるのは、あなたの美点でもありますが」

ノエルさんはゆったりと目を伏せる。長い睫毛が、頬に影を作った。

「大丈夫ですよ」

もう一度繰り返して、ノエルさんはやわらかく微笑んだ。

……う、うわあ。うわあ。すごい、なんかすっごく嬉しい。

誇らしく思ってくれてたんだ。心配ない、って認めてくれてたんだ。

それを打ち明けてくれたことが、何より嬉しかった。

母さんも父さんもシャンタルも、そしてノエルさんも。私にとっては、とても尊敬している大先輩だ。その中でもノエルさんからは、仕事面でどう思われているのか全然わからなかったから……余計に嬉しくて、胸がいっぱいになる。

「本来であれば、最も緊張していたエメラルドの一件の際にお伝えするべきだったかもしれません。ですがあのときのエマさんは、私の言葉も届かないほどに緊張しているように見えたもので。控えさせていただきました」

た、確かにそうだったかもしれない。あのときの緊張具合だと、こんな大事な話はうまく呑み込めなかっただろう。

聞けたのが、今でよかった。

「あの……ありがとうございます。今言ってくださったこと、えっと……お、お守りみたいに、大事にします！」

言葉に詰まりながらも感謝を伝える。

今後緊張することがあっても、この言葉があれば大丈夫——とまでは言えないけれど。それでも力になるのは確実だった。

現に今、緊張なんて吹っ飛んでしまった。絶対にベルナデット様とサニエ卿を喜ばせてみせる、という強い気概に満ちあふれている。

「それは嬉しいですね」

「……それから……ものすごく失礼なことを言ってもいいでしょうか」

この流れなら、ずっとずっと気になっていたことも教えてくれるかもしれない。

そうっとノエルさんの顔を窺えば、「どうぞ」と促された。ごくりと唾を呑み込んで、私は意を決して口を開いた。

「私、ノエルさんのことを兄と思えばいいのか、姉と思えばいいのかわからないんですが……！」

性別はどちらですか、なんて、失礼すぎて今まで訊けなかった。母さんにそれとなく訊いてみたことはあったけど、母さんも知らないみたいだったし……。

女性にしては背が高めだけど、それでもターニャより少し低いくらいなのだ。骨格とか、手の大きさとか……本当にどこを見ても、どちらにでも見えてしまう。

私の言葉に、ノエルさんはきょとんと目を丸くした。珍しい表情で、可愛らしさすら感じる。口を挟まずにいるペランは、はらはらした顔でチラ見してきていた。ちゃんと外への意識を忘れないのはさすがだった。もちろん私もノエルさんも、お客様が入ってきそうな気配がしたらすぐに会話を止める準備はできているけれど。

ノエルさんは少しの間黙って、それから、しぃ、と言うように人差し指を唇に当てた。

「ふふ。お好きなように」

……お、教えてくれないんだ!?

さらに謎が深まってしまったが、突っ込める雰囲気でもない。おまけに店に興味を持ってくださったのか、店内を覗き込もうとする方が視界に映って、口を閉ざすしかなかった。

まあ、好きなように、と言ってくれたのだから、好きなように思おう。お姉ちゃんがいいかな、お兄ちゃんがいいかな。

どっちにしろ『ノエルさん』しかしっくり来ないから、これはもう、考えないほうがいいことなのかもしれない。

ベルナデット様は約束の時間きっかりにいらっしゃった。教会の鐘の音と共に、うちの店のドアベルも音を鳴らした。

「お待ちしておりました、ベルナデット様。こちらへどうぞ」

店番をペランに任せて、ベルナデット様を応接室へとお連れする。来るタイミングがわかっていたかのように、ノエルさんがすぐさま紅茶をお出しした。

その間に私が指輪を用意し、ベルナデット様の前にケースを開けた状態で置いた。――コニャックダイヤモンドの指輪のみを。

ベルナデット様はそれを一瞥《いちべつ》すると、微かに笑って目を細めた。

「もう一つの指輪には、何かサプライズがある……というところかしら？」

さすが、ベルナデット様は理解が早い。

「ええ、どうかもう一つの指輪は、サニエ卿の前でご覧になっていただければと思います」

こくりとうなずき、頭を軽く下げる。

ベルナデット様が魔宝石を見る目はいつも輝いているけれど、やはり初見のときの輝きが一際強い。サニエ卿にはぜひとも、『ご自身が所有していたベルナデット様の瞳の色の魔宝石』を初めて見たときの彼女を見てほしかった。

ベルナデット様は「ふぅん」と楽しそうに唇をほころばせた。

「期待しておいてあげるわ。デザイン画は見ているけれど、魔宝石の美しさの神髄は実物を見なければわからないものね」

「ぜひご期待くださいませ。素晴らしい石をご用意いたしました」

にっこりと自信満々に言えば、満足そうにうなずかれた。こうしてお客様に期待していただける、信頼していただけるというのは本当にありがたいことだ。

ベルナデット様はご機嫌な様子で、うっとりとコニャックダイヤモンドの指輪を見つめる。

「このデザイン、私の好みとはずれていると思っていたけれど……こうして見ると、なんだかあの人のイメージにぴったり。婚約指輪としては大正解のデザインね。エマに任せてよかったわ」

「恐縮です。ですがこちら、まだ仕上げが残っておりまして……」

「……もしもそれが、私の魔力を込める、という話だったらお断りしたいのだけど？」

「残念ながらそのお話でございます。説明に少々お時間をいただけますか？」

ほんの少し唇を尖《とが》らせながらも、ベルナデット様はうなずいてくださった。

よし、第一段階はクリア。とはいっても、ベルナデット様は話を聞かない方ではないから、ここまでは簡単なハードルだ。問題はこれ以降。

再び戻ってきた緊張を押し殺して、私はゆっくりと言葉を紡いだ。

「サニエ卿は常日頃から魔宝石にふれてらっしゃいます。誰かが魔力を込めたとして、その事実は一目でおわかりになるでしょう。魔力がどなたのものか、についても」

「……私の魔力を込めれば、さらに喜ばせることができると言いたいのね。確かに婚約指輪にふさわしいし、私の目的としては最適な方法、ではあるけれど」

理解が早すぎるベルナデット様は、そこで表情を曇らせる。

「……魔力を込めて、魔宝石がより美しくなるのは。その魔力に宿る感情が本当に深く、純粋な場合だけでしょう？」

「おっしゃるとおりです」

「だとしたら……」

言《い》い淀《よど》んで、彼女は視線を揺らす。何かを耐えるように唇を引き結び、そして小さく息を吐いた。

「――私があの人を想って魔力を込めたところで何も変わらないわ。私、魔宝石しか愛せないもの」

落ち込むようにうつむいて、ベルナデット様は苦しそうに言う。

「……家族のことだって愛しているつもりだけれど、それでも、魔宝石が美しくなるほどじゃないと思うわ」

ご家族について話すとき、いつも愛《いと》おしそうな顔をしているのに？

私がそう感じていても、あくまで他人だ。ベルナデット様の内心は、ベルナデット様にしかわからない。彼女がそうだと言うのなら、咄嗟に反論できる言葉が見つからなかった。

「私はね、あなたのことも好きなつもりよ。でも、魔宝石のほうがもっと好き。この世のすべてのものの中で、魔宝石が一番好きなの」

たぶん、ベルナデット様は……魔宝石を愛しすぎているのだ。それ以外の感情に、自信がなくなってしまうくらい。

魔力を込めて魔宝石がより美しくならなければ、自分の感情が深くも純粋でもない、とはっきりわかってしまう。彼女はそれが怖いのだろう。

そういう方は結構いらっしゃる。これは愛の証明にも使われる手段で、逆に、愛が大きくないことも証明されてしまうから。

……でも、困ったな。魔宝石に魔力を込めたことがないのは、魔宝石を愛しているがゆえのこだわりを持っているからかと思っていた。まったくの見当違いで、これじゃあ説得の方向性もまるで変わる。

それに、魔宝石への愛は彼女の誇りかと思っていたのに――事実そうなのだろうけど、この様子ではどうやらコンプレックスでもあるらしい。

となると、どう説得したらいい？　私に説得できる？

「あの人のことは、なんとも思っていないの。まあ少し、面白い人だとは思うけれど……その程度。絶対に、魔宝石は何も変わらない。試してみなくてもわかるんだから、試したくなんてないわ」

――『大丈夫』、と自分に言い聞かせる。

なんとかなる、と楽観視しているわけではない。なんとかしてみせるしかないのだ。

今ここで、宝石店としての技術や知識は役に立たないけれど。それでも私は、ベルナデット様の友人だ。だからこそわかることだってあるはずだ。

数秒、頭を目まぐるしく働かせて、言葉を吐き出す。

「……だから試したくない、と思うこと自体、彼に対するなんらかの想いが存在することの証《あかし》ではないでしょうか？」

「……続けて」

一理あると思ったのか、ベルナデット様は否定せずに続きを促した。

「ここで試して失敗したところで、サニエ卿がそれを知ることはありません。そしてサニエ卿であれば、ベルナデット様が魔宝石本来の輝きを愛していることをご存知《ぞんじ》でしょうし、魔宝石に魔力が込められていないことを残念に思うこともないでしょう」

「……そうね」

「ですから、ベルナデット様がサニエ卿のことを本当になんとも思っていないのなら――やはりだめだった、で終わる話です。がっかりすることも、悲しむこともありません。ベルナデット様に不利益なことは一つもないはずです。それでも試したくないのなら、それは、今確かにある気持ちを否定されたくない、ということなのではないでしょうか」

自分の内にある感情を見つめるように、ベルナデット様は唇に指を当て、黙り込んだ。思案しているのか、その瞳はせわしなく動いている。

急《せ》かすようなことはせず、私は静かに彼女の答えを待った。

現時点の指輪で十分ご満足いただける確信がある以上、無理強いはできない。ただでさえいろいろと首を突っ込みすぎているのだ。これで説得できなければ……今の私に、なんとかしてみせる力がなかったというだけ。悔しいけど、そう認めるしかないだろう。

しばらくの沈黙の後。彼女は私を見て、こくりとうなずいた。

「――うん、いいでしょう。これって、ただ魔力を出せば石に入っていくの？」

「……いいのですか？」

思っていたよりもずっとあっさり承諾されて、つい少し呆けてしまう。

私の反応に、ベルナデット様は拗《す》ねたように視線を逸らした。

「喜んでもらいたいのは本当なんだもの。そのためにできることを試しもしないのは、ただの怠慢でしょう？」

……かっこいい人だな、と思った。彼女にも臆病な側面があることを知ったばかりだから、余計にそう思う。

ちら、とベルナデット様は私を窺うように見た。

「失敗したって何も思わないはずだけど……もし、もしも私が落ち込んだら、あなたが慰めてちょうだいね」

「……はい、かしこまりました。喜んでお引き受けいたします」

「具体的には、とっておきの魔宝石を見せなさい。私に見せていない珍しい魔宝石の一つや二つや百個、あなたなら持っているんじゃないかしら？」

「ひゃ、っこは……さすがにありませんが」

あまりの要求に、声がひっくり返りそうになってしまった。冗談なのかどうか、ベルナデット様の表情からは判断がつかない。

「一つや二つなら、確実に喜んでいただけるものをお見せできます」

苦笑いしながら答えれば、ベルナデット様はぎゅっと眉を吊《つ》り上《あ》げた。

「じゃあ、約束ね。絶対よ。慰めてね」

その念押しに「はい、必ず」と答えながら、成功しても何かお見せしよう、と密かに心に決める。

こんな健気《けなげ》に勇気を奮い立たせる方に、何も報いないわけにはいかなかった。

私の返事にベルナデット様は表情を緩め、コニャックダイヤモンドの指輪に視線を落とす。

「でもこれって、私の指輪よね？　せっかく魔力を込めるなら、あの人の指輪に込めたほうがいいんじゃないかしら」

「それが一般的ではありますが、今回はそうできない事情があるというのと……自分の瞳の色の石に、自分を想って魔力を込められ、あまつさえ身につけられるというのも、確かに幸福なことだと思うのです」

これが私の考える最善策だった。

「……ええ、そうね。きっと。幸せなことだわ」

納得したベルナデット様は、魔力の込め方を真剣な表情で聞くと、小さく深呼吸をした。

そうしてそっと、指輪を手に持つ。集中するためか目をつぶって……その指先から魔力があふれ出すと共に、コニャックダイヤモンドから放たれる魔力の輝きが、よりいっそう強くなった。

精霊に愛された人間が込めるより変化ははるかに小さく――それでも確かにわかる変化だった。

ぱちん、ぱちん、と小さな火花のような輝きが、ダイヤモンドを彩る。

「や、やっぱり失敗してる？」

目をぎゅっとつぶったまま、ベルナデット様が私に問いかけた。震えた声が、申し訳ないがとても可愛らしいと感じてしまった。

「成功しています」

「……ほんとう？」

「ええ、大成功です。ご自身でご覧になってください。……美しいですよ」

こわごわと、彼女は瞼《まぶた》を開く。

そしてすぐさま目を見開いて、魔宝石の輝きにただただ見惚《みと》れた。頬が紅潮し、きらきら光る瞳にはうっすらと水の膜が張り、唇がやわらかな弧を描いて――ああ、これは、私が失敗したかもしれない。

この瞬間を、サニエ卿にもお見せしたかった。

「……私、あの人のこと結構好きだったのね」

ぽつり、熱のこもった声でつぶやく。

なんと答えるのも無粋な気がして、私は黙って、ベルナデット様にお見せする魔宝石の準備を始めた。

グリーンダイヤモンドの指輪は、サニエ卿の店で引き渡す約束をしていた。約束の日時に店に向かえば、秘書のアクセルさんが快く出迎えてくださった。

そして中で待っていたサニエ卿は――私の隣にいるベルナデット様を見て、完全に固まった。みるみるうちに顔が真っ赤に染まっていく。

わ、わあ……。これはまた見事な固まり具合だ。

ベルナデット様はその様子にくすりと笑みをこぼした。

「あの人、私に会うってわかってる日はさすがにこんな反応しないけど、不意打ちで会うといっつもこうなのよ。面白いでしょう？」

どう反応をしても失礼な気がして、私は曖昧に微笑むに留《とど》めた。

言いぶりからして、不意打ちで会うことはそれなりにあるのだろう。サニエ卿が少しかわいそうになった。先日散々動揺させてしまった私が言えることじゃないんだけど……！

サニエ卿の向かいのソファーに、ベルナデット様と二人して腰かける。

固まったままのサニエ卿を見かねてか、アクセルさんは私たちにケーキと紅茶を出した後、笑顔で首をかしげた。

「雇い主の代わりに確認させていただきたいのですが、なぜエマ様だけでなく、ベルナデット様もご一緒なのでしょうか？」

「あら、白々しい質問。でもいいわ、その雇い主がおしゃべりできる状態じゃないものね」

「情けない雇い主で申し訳ないです」

「別に気にしないわ」

サニエ卿が固まってしまったときには、いつもこの二人で話しているんだろうな……。慣れ切ったテンポのいいやりとりだった。

「さて、ジュールさん」

ベルナデット様がサニエ卿の名前を呼ぶと、彼ははっと居住まいを正した。

「あなたに渡したいものがあるのだけど、受け取ってくれるかしら」

「…………わ、渡したい、もの？」

消え入りそうな声だった。これが今彼に出せる精いっぱいの声なのだろう。

「ええ。といっても、贈る私自身、実物をまだ見られていないのよね。その辺り、そろそろ説明してくれるのかしら？」

わくわくとした表情で、ベルナデット様は私に視線を向けてきた。

うなずいて、私はテーブルへ二つのケースを置いた。そしてまず、コニャックダイヤモンドのほうを開けてサニエ卿に差し出す。

「こちらは、ベルナデット様よりご注文いただいた婚約指輪です」

「……こ？」

ああ、また固まってしまった……。

常日ごろから魔宝石に関わる人間であれば、魔力が込められた石かどうかはすぐにわかる。そして常日ごろ接している人間の魔力だって、すぐに見分けがつくものだ。

つまりサニエ卿は、ベルナデット様の魔力がこもっていること――誰かを想って魔力を込めたことを、一目で理解したはずなのだ。そして状況的に、その『誰か』が自分であることも。キャパオーバーになるのも当然だろう。

まだサプライズは残ってるのに、このまま続けて大丈夫だろうか……。けれどベルナデット様の瞳が早く早くと急《せ》かしてくるので、私は神妙に繰り返した。

「婚約指輪です。ペアリングの片方で、こちらはサニエ卿の瞳の色に合わせ、ベルナデット様用にお仕立ていたしました」

「ペアリング」

「はい。見ておわかりかとは存じますが、サニエ卿のことを想ったベルナデット様の魔力が込められております」

念のため説明すると、サニエ卿はコニャックダイヤモンドを凝視した。わかっていたことだろうに、それでも理解が追いつかないのだろう。

すみません、と内心謝罪しながら言葉を続ける。ここで止めるわけにはいかないのだ。

「さらにこちらは、ベルナデット様にご注文いただいた婚約指輪のもう一つ、兼……サニエ卿にご注文いただいた指輪です」

ケースを開けないままに手で示せば、ベルナデット様がぱちくりと目を瞬いた。サニエ卿はまったく状況を呑み込めていないのか、反応がない。

だ、大丈夫かな、開けていいかな。ベルナデット様がこのグリーンダイヤモンドを初めて見る瞬間だけは、絶対に見ていただきたいのだけど。

「……サニエ卿、私の声が聞こえますか？」

不安に思って確認すると、アクセルさんがばしんと力いっぱいサニエ卿の背中をたたいた。や、雇い主に対して思いきりがよすぎない……？

しかしそのおかげで少しは平常心を取り戻したのか、サニエ卿はアクセルさんをじろりと睨みつけてから、しっかりとこちらを見てくれた。

「ああ、聞こえる」

「ベルナデット様もよろしいですか？」

「ええ、もちろんよ」

「では続けさせていただきますね。……こちらの指輪は、サニエ卿秘蔵の魔宝石をいただいて作製いたしました。ベルナデット様はケースを、サニエ卿はベルナデット様をどうかご覧ください」

二人の視線が私に従ったのを確認してから、ケースをゆっくりと開ける。

途端に輝く、ベルナデット様の瞳。――を見て、太陽に目を焼かれたように両手で顔を覆うサニエ卿。

……本当に見れた？　大丈夫かな。さっきからずっと不安だ。

明らかに変な反応をしたサニエ卿のことも、おろおろする私のことも目に入らない様子で、ベルナデット様はほうっとため息をついた。

「まるで鏡を見ているみたい。本当に私の瞳の色にそっくり……。こんなに鮮やかな色と魔力を持つグリーンダイヤモンド、初めて見たわ。これがジュールさんの『秘蔵の魔宝石』？」

「はい。ベルナデット様には一生隠すおつもりだったようですが、そこをなんとかアクセルさんと私で説き伏せ、こうして指輪としてお見せすることができました」

「あなたたちがいなければ、こんなに素晴らしいグリーンダイヤモンドを見られなかった可能性があるの……？　なんて恐ろしいのかしら」

ぶるり、とベルナデット様は身を震わせる。演技がかった動作だけれど、本心からのものだというのは見ればわかった。続く言葉はなく、ひたすらに魔宝石を見入っている。

……この反応ってことは、今の説明の意味を理解されていないかもしれない。ベルナデット様は理解が早いけれど、そういえば魔宝石の前ではそればかりに頭を支配されてしまうんだった。

でもこれを私がわざわざ解説しちゃうのは野暮だよね……。

ベルナデット様に必死にアイコンタクトを送ると、彼女は考えるように瞬《まばた》きをし、やがて「ああ」と納得の声を上げた。気づいてくれたらしい。

「私のことが好きだから手に入れて、私のことが好きだから隠そうとしていた石ってことね」

「ぐッ……」

サニエ卿から、死の間際に上げるような声が飛び出した。

好きな人にここまでストレートに看破されてしまったらね……。なんというか、本当に申し訳ない。威力を見誤っていた。ベルナデット様が最高に楽しそうだから許してください。

ベルナデット様はゆるりと目を細め、くすくす笑った。

「ジュールさん、安心して」

とろけるような、甘い声音だった。

「――私、あなたのことが結構好きみたいなの」

「ひ、」

「その指輪を見ればわかるでしょう？」

「わ……わかり、ます、が」

「だから私、あなたに好かれているって思うと気分がいいのよ。この魔宝石を隠したままにしないで、見せてくれてありがとう」

とびきりの笑顔を食らったサニエ卿は、ソファーに座ったままふらっと倒れかけた。それをさっとアクセルさんが支える。秘書のお仕事って大変だな……。さすがのアクセルさんも、同情した様子でサニエ卿を見下ろしていた。

サニエ卿、思った以上にベルナデット様の前での挙動がおかしい。やっぱり幸せの過剰摂取はだめだったのかもしれない。それか、完全な不意打ちがよくなかったのかな。

この光景がそんな反省をするべきものなのかすら、私には判断がつかなかった。幸せな光景、だと思うんだけどな……。

きらきらした笑みを浮かべたまま、ベルナデット様はグリーンダイヤモンドの指輪が入ったケースをサニエ卿に差し出した。

「ジュールさん。せっかくだから、あなたもこの指輪に魔力を込めてくれないかしら」

「……わ、わかりました！」

勢いよくうなずいて、サニエ卿は即座に魔力を流し込んだ。当然のごとく輝きを増す魔宝石を見て、ベルナデット様が心底嬉しそうな顔をする。

「ふふっ、エマ、ねえ、今ようやくちゃんとわかったのだけど、私の瞳の石に私を想った魔力を込めた、私を愛している証明そのものみたいな指輪をつけてもらえるのって、すごくいいわね」

「お気に召していただけたようで何よりです」

「ええ、本当に、気に入ったわ。あなたに頼んでよかった。ありがとう、エマ」

ベルナデット様にそう言っていただけることは少なくない。けれども……今までで一番、幸せそうな笑顔だった。

心がじわりと温かくなって、胸が苦しくなる。もちろん、悪い意味での苦しさじゃない。

彼女のお礼をしばらく嚙みしめ――はっと思い出したことがあって、私は慌てて口を開いた。

「お伝えし損ねていましたが、サニエ卿の指輪につきましては、ご婚約のお祝いに無償で作製させていただくことになりました。半額分、今こちらでお返ししてよろしいでしょうか」

婚約指輪の注文が確定した時点で、ベルナデット様には全額お支払いいただいていたのだ。先に返金してもよかったのだが、ベルナデット様に秘密にしなければいけないことを考えると、私が一旦預かっておくのが一番いいと思った。

私の問いに、ベルナデット様は呆れた声を出した。

「エマ……あなた、それは過剰なお祝いだわ。ジュールさんも、そんな申し出どうして受けたの？　きっちり払わせてもらうわ」

ご機嫌な表情が一転、ご立腹の表情へと変わる。それも十分美しいのだが、ほんのわずかに威力が弱まるからか、サニエ卿がこれ幸いにと小さく深呼吸をした。美しいものの前だと息がしづらくなる感覚は、私もなんとなくわかる。

サニエ卿はきりりと表情を引きしめ、滑らかに謝罪した。

「申し訳ございません、あなたの依頼分含めて全額私が支払います」

「……私からの贈り物として受け取ってくれるつもりがあるのなら、あなたは私に支払わせるべきだわ」

むすっと主張したベルナデット様に、サニエ卿は視線をさまよわせた。彼にも婚約者としての矜《きょう》持《じ》があるだろうし、なかなか受け入れにくいだろう。

しかし結局、諦めたように息を吐いた。

「……………かしこまりました」

その返事に、ベルナデット様はにっこりと微笑む。苦笑いを返すサニエ卿の顔は、それでも幸福そうで、そして彼女への愛しさにあふれていた。

そんな二人をにっこにこで見守るアクセルさんも、楽しそうで何よりである。

「あ、そうだわ」

いいことを思いついた、というふうに、ベルナデット様が声を弾ませる。まだ何かあるのかと、サニエ卿の顔がこわばるのがわかった。

「ジュールさん。私の指に、指輪をはめてみてちょうだい」

「……………私がですか？」

「私の婚約者はあなたなのに、他の誰が私に指輪をはめるって言うの？」

ベルナデット様は白くほっそりとした左手を、サニエ卿に向けた。彼はその手とコニャックダイヤモンドの指輪をせわしなく見比べ、絶望を顔に浮かべる。

「……はめるためには、あなたのお手にふれなければなりません」

「婚約もしているのだし、この程度の接触に問題はないはずよ。それとも、私にはさわりたくないのかしら」

「いえっ、そんなことは！」

「本当に？　嫌なら嫌って言ってもいいのよ」

「嫌なわけがな——いえ、あの、そうは言いましても……」

しどろもどろになるサニエ卿の肩を、アクセルさんが労《いた》わるようにぽんぽんと叩いた。サニエ卿はその手を振り払い、覚悟を決めたように、据わった目で指輪を見つめた。ケースからそうっと摘《つ》まみ上げて、ベルナデット様に向き直る。

「お……お手を、拝借してもよろしいでしょうか」

「もちろんいいけれど……ねえエマ、私ってもしかして意地悪なのかしら？　ジュールさんを困らせている？」

出していた手を引っ込めて、ベルナデット様は自分こそ困ったように頬に手を当てた。

こ、ここでサニエ卿でもアクセルさんでもなく私に訊くんだ……！　いや、この場では確かに、私が一番忌憚《きたん》のない意見を言える立場ではあるんだろうけど。

ええっと、と口ごもる私を、サニエ卿がものすごい目で見てくる。おかしなことは言うなよ、と釘《くぎ》を刺されているのだろう。だからといってどんな答えを求められているかはわからず、私はそろりと視線を背けながら、ただ正直な意見を口にした。

「……意地悪、ではないと思います。恋人としては適切な甘え方ではないでしょうか」

「まあ、恋人。恋人ですって、ジュールさん」

愉快そうに繰り返して、ベルナデット様はくすくす笑った。

「恋人って言うと、本当に心で想い合っている人同士みたいだわ。……いえ、みたい、じゃなくて、実際にそうなのよね。魔宝石がこんなに美しくなるんですもの」

……意地悪ではない。

意地悪ではない、けど、なんていうか。生粋の……魔性というか。今後もサニエ卿はずっと振り回されるんだろうな、と哀れに思ってしまった。サニエ卿、遠い目になってるし。

「私にも恋ができるなんて、いまだに不思議な気持ちだわ。魔宝石のほうが好きなことに変わりはないのに――ごめんなさい、これって言わないほうがいいことね？　あなたのこともちゃんと好きなのよ」

「……はい……存じております……光栄の至りです……」

「それじゃあ、指輪をはめてもらったら、次は私があなたに指輪をはめるわね。婚約者だし、恋人なんだもの」

再び左手を出したベルナデット様に、サニエ卿は非常にか細い声で「はい」とうなずいた。本当に本当に慎重に、気を抜いたら一瞬で崩れてしまう壊れものにさわるような手つきで、彼はベルナデット様の手を取った。

この場面、私が見せてもらっていいやつなのかな……。

悩んだけれど、アクセルさんがまったく目を背けずににっこり見守っていたので、よしということにした。自分で言うのはばつが悪いけど、一応私も功労者と言えるんだし。

そーっと、ゆっくり。サニエ卿はベルナデット様の左手の薬指に、指輪を通していった。無事に根元まで通して、ぱっと即座に手を離す。ぜいはあ息をしているところを見るに、一連の動作の最中ずっと息止めてたんだろうな……。

「ふ、あは、ふふふ。いい気分だわ。ジュールさんも左手を貸して」

「もうすべてお好きになさってください……」

ベルナデット様はもちろん何もためらうことなくスムーズに、サニエ卿に指輪をはめた。サニエ卿は瀕死《ひんし》である。頑張ってほしい。

お揃いの指輪がはまった様をひとしきり満喫してから、ベルナデット様はきらめく瞳を私に向けた。そしてまた、お礼を言ってくれた。

「ありがとう、エマ」

「……喜んでいただけて何よりです」

本当に。思っていた何倍も、幸せな光景を見ることができた。

……なんとか全部丸く収まってよかったぁ。

心からほっとしながら、私はようやくフォークを握り、ぱくんと一口ケーキを食べた。一仕事終えた後のスイーツは格別だった。

4 信頼のキャッツアイ

ユリス様——ターニャに一目惚《ひとめぼ》れをした様子だったお客様は、あれからやはり常連になってくださった。

一応、ターニャが従業員でないことはお伝えしたのだ。私がターニャの名前を出したことに少々動揺しながらも、「この店を気に入っただけだよ」とそのまま通い続けてくださっている。

実際いくつも商品を購入してくださっているし、いろいろと見ている間は常に楽しそうなので、嘘《うそ》ではないのだろう。ありがたい限りだった。

まあたぶん、ターニャに会える可能性が一番高いのがこの店に通うこと、というのも理由の一つではあるんだろうな……。ターニャがこの店に来るタイミングを尋ねてこないし、もちろん私から教えることもないので、最初の一度以来会えていないのだけど。

本日はターニャがつけていたペンダントの石——クリソベリルキャッツアイのルースが見たいということで来店された。

一度しか会っていないのに、ターニャが身につけていた装飾品なんてよく覚えているものだ。

ターニャが日によって違うものを身につけていれば、私も思い当たる石がないところだったが、ターニャがつけているペンダントといえばいつも一つだけだった。……ターニャに出会った日、つまり初めて護衛を頼んだ日に、私が謝礼の一つとして渡したものである。

「こちらがターニャのペンダントに使われていた石、クリソベリルキャッツアイでございます」

石を並べたケースをユリス様に差し出す。

興味深げに覗《のぞ》き込《こ》んで、ユリス様は「ほんとに猫の目みたいだね」とつぶやいた。

クリソベリルキャッツアイ。通常キャッツアイと言えばこの石を指すが、実はトルマリン・キャッツアイやエメラルド・キャッツアイ、他にもいろいろなキャッツアイがある。

その名のとおり、猫の目のように帯状の光が入るのが特徴だ。この光の効果の名前はいくつかあるけれど、一番わかりやすいのはそのままの名前、キャッツアイ効果だろう。変彩効果やシャトヤンシーとも呼ぶ。

石の色は主に黄色や緑、茶色など。今日はできるだけターニャに渡したものと似ている、落ち着いた黄緑色の石ばかりを選んできた。

「正直、ターニャさんがつけてたペンダントをちゃんと覚えてたわけじゃないんだけど……こんな宝石だったんだね。あんまり輝き方が宝石っぽくなくて面白いな」

「おっしゃるとおり、そこがこの石の魅力の一つです。魔力の輝きにもぜひご注目ください。気まぐれな猫のような動きをしていて、とても可愛《かわい》らしいんです」

キャッツアイから漏れ出る魔力の輝きは、くるくる回っていることもあれば、スキップのような動きをすることもあるし、まったく揺らぎもせずに落ち着いていることだってある。

魔力の流れを鑑賞して楽しい石のランキングを作るとしたら、個人的にかなり上位に入る石だった。とはいってても私にとってはすべて上位なので、ランキングとして機能しないんだけど……。

そうして並べたルースの魅力を、一つ一つ説明しようとしていたときのこと。

休憩に行っていたペランが浮かない顔で戻ってきた。ユリス様に気づいて「いらっしゃいませ」と挨拶をした声も、どこかぎこちない。

説明を続けながらも、咄嗟《とっさ》にノエルさんにアイコンタクトを取る。察してくれたノエルさんが、ペランを引き連れて奥の部屋に向かった。

何があったのかはわからないが、これで少しは安心できる。ノエルさんなら、ちゃんと事情を引き出したうえで解決策まで提示してくれるに違いない。

ほっとしたら一瞬言葉に詰まってしまって、「失礼いたしました」と謝罪する。

「ううん、気にしないで。……あの子、元気なかったね。何かあったのかな」

……き、気づかれてしまった。親しくない人間であれば違和感を抱かなそうな範疇《はんちゅう》ではあったのだが、ユリス様は人のことをよく見ているのかもしれない。

「申し訳ございません、お見苦しいものを……」

「ああ、いいよ、そんなの。というか店長さんも、もうちょっと態度崩していいんだよ。そのほうが俺も楽だし」

「……わかりました、そうさせていただきます。宝石を楽しく見ていただけることが一番なので」

少し悩んだものの、了承する。

お客様、それも常連の方となれば、要望は可能な限り叶《かな》えたい。確かにユリス様のご性格からして、ずっと私が堅苦しい態度でいると居心地が悪いだろう。おそらく貴族だろうに、貴族として名乗られたこともないし。

ユリス様はにっこりとうんうんうなずいて、それから奥の部屋へとちらりと視線を向けた。ちょうどそのタイミングで、ペランとノエルさんが出てくる。

私より先に、ユリス様が心配そうにペランに声をかけた。

「大丈夫？　何かあったんなら、俺のことは気にしないでいいよ。店長さんも」

「いえ、従業員の個人的な事情ですので……ペラン、何か気になることがあるなら、今日はもう上がっていいですよ」

お客様がいるときは、ペラン相手であっても丁寧語を使うようにしている。

ペランは少し迷うように視線を揺らして、おずおずと口を開いた。

「それでは、本日はこれで失礼させていただきます。ですがその前に少し確認させていただきたいことがあるのですが、よろしいでしょうか」

「俺に？　いいよ、何？」

ユリス様は軽く了承してくださったが、聞いている私は少しどきどきしてしまった。

ペランがこんなふうに話し出したのは、これまでのご来店時の様子から、ユリス様ならこういう質問も許してくださると判断したからだろう。軽率だ、と叱るまではいかないけど、あとでちゃんと、どこまで考えたうえで行動したのか話を聞かなくては。

とりあえず、お客様のほうが乗り気なのであれば、関わらせないようにするのは逆に失礼だろう。

そう判断して、私は大人しく聞く姿勢を取った。

「ありがとうございます。お客様は、キャッツアイの首輪をつけた白い猫にお心当たりはございますか？」

「猫？」

ぱちりと目を瞬いたユリス様に、ペランは心配そうな顔でうなずく。

「はい。とても美しい迷い猫を見つけたのです。怪我《けが》をして動けなくなっているようなので、今から保護しにいこうと考えているのですが、おそらく貴族の方が飼われている猫なのではないかと」

迷い猫。しかも怪我をしているとなると、ペランがあんな顔をしていたのもうなずける。ペランは特別動物が好きなわけではない、どころか苦手なほうだけれど、だからってそんなものを放っておける性格はしていないのだ。

きっと帰り途中に見つけてしまって、一旦は仕事を優先して戻ってきたものの、ノエルさんに相談して保護しにいくことにしたんだろう。私でもそう指示しただろうから、ノエルさんの判断には感謝だ。

「うーん……俺の知り合いにも白猫を飼ってる女性は何人かいるけど、わざわざ首輪をつけている人はいなかったような……。目の色は？　首輪はどういうデザイン？　細かく教えてもらえれば、知り合いに当たってみるよ」

ユリス様が首をひねる。

「両目とも青です。首輪は黄緑に染められた革で、緑のキャッツアイが一つだけついていました。

キャッツアイは魔宝石で、自然な魔力だけでなく、人が込めた魔力も混ざっているようでした。普通の首輪ではなく、魔道具としての役割もあるのではないかと思います」

ちら、とペランから視線を向けられた。たぶん補足を求められてるな……。

ペランはまだまだ、宝石の知識が満足にあるとは言いがたい。ダイヤモンドやルビーなど、メジャーな宝石であれば一人で接客を任せられるレベルだが、それ以外は私やノエルさんのカバーが必要だ。

求められたとおり、補足のために口を挟む。

「キャッツアイは、守護の力を持つ石です。魔道具に加工すれば、ある程度の攻撃を自動的に防ぐバリアを出すことができますし、猫を守るための首輪なのではないでしょうか」

通常の宝石でも、一応魔道具にすること自体はできる。けれど、魔力を込められないので他の部分に細工が必要になるし、魔宝石を使うより魔法の威力も弱くなる。非効率だ。

魔宝石であっても、普通はただ魔力を込めるだけでは魔道具としては使えないから、専門の職人さんに加工してもらう必要がある。

……まあ、私の場合は例外なんだけど。そうじゃなかったら、ティンカーベル・クォーツをおめかし道具みたいな感じで使えてないしね。とはいえ私も、自分の魔力を流したそのときにしか魔道具として使えない。

「猫を守る魔道具……どこかでそういうの聞いたことある気がする。ちょっと待って」

口元に手を当てて考え込んだユリス様が、はっと目を見開く。

「――第三王女殿下の猫！」

とんでもない人物が飛び出してきて、私とペランはぎょっとした。

第三王女、リュディヴィーヌ様。ベルナデット様と並ぶ美姫《びき》だ。品行方正で、良い噂《うわさ》しか聞こえてこない方である。

ユリス様は焦った様子で続ける。

「白猫で、変わった首輪をつけてるって聞いたことある！　人の悪意に反応して、猫を守る首輪だとか……。もし本当に殿下の猫なら、早く保護しなきゃ大変だ。怪我してるって言ってたよね。君たち、回復魔法使える？」

「い、いえ、店長も私も使えません」

「そっか、俺も使えないんだよな……。とりあえず、急いで保護しよう。君が見つけた場所からもし動いてたら探さなきゃ。俺も手伝うよ。客にそんなことさせられないっていうのはなしだからね。店長さん、ごめん、この宝石はまた今度ゆっくり見させて。う―ん、保護した後、この店に連れてくるのはまずいよね？」

矢継ぎ早に紡がれる言葉には、相槌《あいづち》を打つ間もなかった。とにかく最後の確認にだけ、肯定を返すことにする。

「そうですね……本当に第三王女殿下の猫だとしても、店内に動物を入れるわけにはまいりません」

「なら……ペランだっけ。君の家は？　猫を連れていっても大丈夫？」

「もともと私の家で保護するつもりでしたので、問題ございません」

それなら、とペランとユリス様は慌ただしく出ていった。私はそのまま店で仕事を続ける、つもりだったのだけど。

……回復魔法使える人、念のため呼んできたほうがいいよなぁ。

でもそうなると、ノエルさん一人に店を任せることになる。来客数はそう多くないとはいえ、やっぱり店員は常時二人以上いないと、一気に複数人の来客があったときが怖い。いや、ノエルさんなら心配いらない気もするけど……。

ちょっとした逡巡《しゅんじゅん》の後、私は一号店へと電話をかけてシャンタルを呼び出すことにした。今日のシャンタルは一号店に出勤しているのだ。

電話とは、以前母さんも使っていた、半円の宝石がはまった板のような通信魔道具のこと。単純に通信器と呼ぶのだけど、私が『電話』という単語を口にしても他の人に通じるようなので、あまり気にせず呼んでいる。

「――ではノエルさん、シャンタル、すみませんがお店番お願いします……！　午後の予約のお客様がいらっしゃる前には帰るので！」

「ええ、お任せください」

「気をつけて行っといでね」

そして急いで向かうのは、ターニャが拠点としている宿屋。彼女は回復魔法も使える、オールマイティな傭兵《ようへい》なのだ。

幸いにも宿屋にいたターニャを、ペランの家へ連れていく。

ノックをして名乗れば、猫はちゃんと見つかっていたらしく「入っていいぞ」と返事があった。

中に入ると、ペランだけでなくユリス様もいた。心配してなのか、残っていてくださったらしい。

私たちを……というよりターニャを見て、ユリス様は驚いたように目を見開く。

「ターニャさん……!?　な、なんでここに」

「ターニャは回復魔法を使えるので、お役に立てるかと思いまして。……ターニャ、こちらはユリス様。前にシェノンパールを採りにいった日、店にいらっしゃった方だよ」

ターニャがあからさまに「誰？」という顔をしていたので、こそっと説明する。

とはいえこの距離では小声でも聞こえてしまう。覚えられていなかったことにユリス様はショックを受けた顔をしたが、すぐに気を切り替えたのか、真剣な面持ちでペランに視線を向けた。現状説明は発端のペランがすべき、という判断だろう。

ペランはテーブルの上に丸まって置かれていた毛布をそうっとめくった。

「この子だよ。大人しい子だけど、びっくりさせないようにな」

ぴょこん、と毛布に押さえつけられていた耳が飛び出る。澄んだアイスブルーの瞳が、警戒するようにじいっと私たちを見つめた。

真っ白だったであろう毛は、ところどころ薄汚れていた。

首輪には確かに、緑色のキャッツアイが揺れるようにつけられている。光の筋の明るさがこれ以上なくくっきりしていて、一目で最高品質とわかる石だった。精霊たちも嬉《うれ》しそうに跳ね回っている。こんな石が首輪についているのは、飼い主に可愛がられている証《あかし》だろう。

仮に第三王女様の猫じゃなかったとしても、こんなに愛されてる猫ちゃん、何か起こる前に保護できてよかったな……。

私が胸を撫《な》で下ろしている間に、ペランはてきぱきと説明をする。

「怪我してるのは右脚です。ターニャさんって動物も治せます？」

「見せて。もともと、回復魔法は得意なわけじゃない」

だから期待しないで、ということだろう。

回復魔法と大げさに呼称されているが、体の治癒力を促進するだけの魔法だ。

無理やり促進する分、身体への負担は普通に治療するよりも大きくなるため、応急処置的に使われる魔法だった。それでいて水属性と光属性の魔力を同時に使わなければならず、素質やセンスの問題があるうえ、難易度自体高い。

そういうわけで、回復魔法を使える人間は少なかった。ターニャは女の身で傭兵として生計を立てるため、かなりの努力をして習得したと聞いている。

ターニャが毛布をさらにめくって、猫の脚の怪我を確認する。すでに血は止まっているようだが、白いからこそ赤い血が目立って、思わず目をつぶってしまった。

猫は特に暴れてもいないようで、ちょっとの間沈黙が流れる。

つぶった瞼《まぶた》の外で、ぼんやりと淡い光を感じた。

「……ん。いい子だったね」

やわらかい声が聞こえて、そっと目を開ける。血の汚れは残っているが、怪我自体は治っているように見えた。

ターニャが指先で猫の首元を撫でると、猫は気持ちよさそうに目を細めた。ターニャは満足げにうなずいて、ペランを振り返る。

「後で清潔な布で、ぬるま湯使って脚だけ拭いてあげて」

「はぁぁ……ありがとう、ターニャさん……。よかったなぁ、おまえ。でも汚れてるし、風呂入らせたほうがいいんじゃないですか？」

「すぐ乾かせるならいいけど。そうじゃなかったら、体が冷える」

「あー、そっか。ありがとうございます、助かります」

ひと安心したようにため息をついて、ペランはおそるおそる猫の頭を撫でた。それすら大人しく享受しているので、本当に人馴《ひとな》れしているというか、いい子というか……。

私も撫でたくなってそわっとしたが、私がやったことといえばターニャを呼んできたことだけだ。撫でる資格はないと思うので我慢……！　あまりさわられるのはストレスになるだろう。

猫から目を背け、ターニャに声をかける。

「ありがとう、ターニャ。急に呼んじゃってごめんね」

「大丈夫。……と、友達、だから」

少し照れくさそうに微笑《ほほえ》むターニャ。

か、可愛いな〜！　胸がきゅんとしてしまった。彼女も私と同じで友達が少ないらしく、私のことをとても大切に思ってくれているのだ。

とはいえ、言っておかなければいけないことがあるから、悶《もだ》えている場合じゃない。

緩んでしまっていた顔を少しだけ引きしめ、口を開く。

「そう言ってもらえるのは嬉しいし、私もターニャが困ってるときにはいつだって力になりたいって思ってるよ。だけど、友達だからって頼りきるのはよくないし、技術を貸してもらったわけだから、ちゃんと今日の分の治療費は払うからね。絶対受け取ってよ？」

念を押すように言うと、ターニャは黙り込んだ。けれど私がじーっと見続けると、観念したようにこくりとうなずいてくれた。よし！

……そういえば、ユリス様が静かだな。

ふと気になって目を向けると、ユリス様はどうやらターニャに見惚《みと》れて固まっていたようだ。いつからだろう。

それにしても、恋ってここまで人を固まらせるものだっけ……？　思い出したくもないが、私が昔元婚約者と付き合っていたとき、こんな反応をした覚えもされた覚えもなかった。私たちが本気で好き合ってなかった、っていうことなんだろうか。

彼は私の視線に気づいてはっと我に返り、わざとらしく咳払《せきばら》いをした。

「ターニャさん、俺からも感謝を。ありがとう」

「うん」

「……そ、そういえば店長さん」

視線をさまよわせたユリス様は、ぎこちなく私に話を向けてきた。ターニャとこれ以上会話することは諦めたのだろう。初対面のときに女慣れしているような発言をしておきながら、本命に対しては随分と奥手らしい。

どうしてもサニエ卿《きょう》を思い出してしまうけど、さすがに一緒にするのは失礼か。ユリス様は少なくとも、言葉すらまともに出ない、なんてことはないし……。

「はい、何でしょうか？」

「ちょっと耳に挟んだんだけど、アチェールビ伯爵ってよくアステリズムに来てるんだよね？　彼なら殿下と仲いいし、この猫が殿下の猫かどうかすぐにわかるかも。相談してみたら？」

「……フェリシアンさんが？」

ついぽかんとすると、おや、という顔をされた。……しまった、他人もいる前で呼び名が馴れ馴れしすぎた。

それほどまでに、フェリシアンさんに仲のいい女性がいることが意外だった。あの口ぶりからして、女性の友人はいないように思えたけど……。

ああ、でもそっか。第三王女殿下は非常にお美しいと聞くし、フェリシアンさんの宝石のような圧倒的美しさにも、特別なものを感じないのかもしれない。だから特に気苦労なくお付き合いできるのだろう。

そう一人で納得しつつ、「失礼しました」とユリス様に謝罪する。

「近日中にあの方に相談してみようと思います。ありがとうございます」

近日中とは言ったが、ちょうど明日、フェリシアンさんが来店される予定だった。

もし本当に第三王女の猫だとしたら、すぐにでも相談したほうがいいんだろうけど……さすがに今日この後の予約のお客様が第一だ。ひとまず猫の安全は確保できているわけだし。

仕事終わりにアポイントを取るにも時間がかかる。急にお会いしたいと言うのも失礼だから、明日の来店を待ったほうが確実だろう。

私に続き、ペランもお礼を口にする。

「ユリス様、ここまでお付き合いいただき、本当にありがとうございました」

「どういたしまして。大したことしてないし、勝手に首突っ込んだだけだから気にしないで」

微笑んで、ユリス様はひらひらと手を振った。

「それじゃ、俺はこの辺りで」

「あたしもこれで」

えっ、という顔でユリス様がターニャを見た。それに気づくことなく帰ろうとしたターニャに、ユリス様は慌てて駆け寄りながら声をかけた。

「ターニャさん、よければ送っていこうか？」

「？　不要だ」

「か、帰り道が分かれるまではご一緒しても？」

「……いいけど」

怪訝《けげん》な顔をするターニャとは対照的に、ユリス様はぱっと顔を輝かせる。

ターニャが少しでも嫌そうなそぶりを見せれば止めようと思ったけど……そもそも好悪感情を抱くほどの関わりもまだないか。

「ユリス様、またのお越しをお待ちしております。ターニャもまたね」

過剰に干渉するつもりはないので、私はそのまま二人を見送った。

ユリス様が無理やり何かをする可能性は低いだろうし（人を見る目、特に男を見る目に自信はないのだけど……）、そもそもターニャは腕が立つ。そのうえ私が贈ったキャッツアイもあるのだから、心配はいらないだろう。あれは私が贈った後に魔道具に加工済みで、ターニャの身を守る助けになる。

ちらっと猫を見やる。痛みもすっかりなくなったのか、呑気《のんき》に毛づくろいをしていた。うぅ、可愛い……。

もう少し癒やされたい気持ちはあるけど、そろそろ店に戻ったほうがいいだろう。誘惑を振り切って、帰り支度をする。

「ペラン、私も行くけど、ドアの開閉とか気をつけてね。おじさんとおばさんが帰ってきたら、二人にもちゃんと説明しておいて」

「ああ、大丈夫。……いや、元気になって急に暴れ出したりしたら、大丈夫じゃないかもしれねぇけど……」

ペランは不安そうな面持ちで猫を見つめた。

私も前世含めて猫の世話をしたことがないから、大丈夫だよ、と気軽に言うことはできない。この子はものすごく大人しそうではあるけど、動物って何するかわかんないしな……。

「何かあったら電話して。使い方覚えてるよね？」

連絡を取りやすくなるよう、従業員には仕事道具の一つとして通信器を支給している。あまり使う機会はないが、「ちゃんとわかるよ」と返されたので安心した。

名残惜しく猫を振り返りつつも、私はペランの家を出た。もちろん、猫が飛び出てしまわないように素早く、慎重に。


「ペランが保護した猫、ふわふわですっごく可愛かった〜！」

夜、アナベルはペランの家に様子を見にいってきたらしい。私と同じベッドに転がって、彼女はにこにこ笑顔を浮かべた。

ベッドサイドライト――これも魔宝石で動く。一般家庭では基本的に普通のオイルランプを使うことが多い――の微《かす》かな明かりの中でも、アナベルの笑顔は眩《まぶ》しいくらいだった。

アナベルはご機嫌そうに足をぱたぱた動かしながら話してくれる。

「怪我してたって聞いたけど、全然痛そうにしてなかったよ。いっぱい走り回って、ふふ、ペランが困ってた」

「あはは、走り回れるくらい元気になったんだね。よかった」

途方に暮れるペランが目に浮かんで、アナベルと一緒にくすくすと笑う。

「王女様の猫かもしれないんだよね？　早く飼い主さんのところに帰れたらいいなぁ」

「ね、本当に。明日フェリシアンさんに確認してみて、何もご存知《ぞんじ》なかったらどうしようかな……」

そう口にしたら、ぱたぱたと動いていた足が止まった。

「………フェリシアンさん？」

「うん？　ああ、お客様だよ。前にエメラルドの採取しに、ドラゴンの巣に行った話はしたよね。そのときから常連になってくださって」

思えば確かに、ベルナデット様以外の名前をアナベルの前で出してしまうのは初めてだった。いけない、気が緩んでるな……。フェリシアンさんとの関係性からすると、私がベル相手に何を話したって気にしないとは思う。それでも彼はお客様なのだ。

――いや、関係性も何もない、んだけど。友人になりたがってくださっているだけで。……あとは私の心次第で友人と呼んでしまっても支障はないとも言えるけれど、それでもまだ、少し。やっぱり抵抗が……！

なんて考えていると、アナベルが黙ってしまっていることに気づいた。どうしたんだろうと目を見ると、彼女ははっとして笑みを浮かべた。

「ごめん、考えごとしちゃってた。それで、ええっと……お客様なのに『さん』って呼ぶなんて、お姉ちゃんにしては親しげな呼び方だね？」

「採取のときに、成り行きみたいな感じで……。恐れ多いんだけどね。でももう、今更変えられなくて」

「ふーん……」

アナベルは笑顔から一転、何やら拗《す》ねたような表情を見せた。

あ、あれ？　今のやりとりに拗ねさせちゃうようなことあったかな。

「ベル？」

名前を呼べば、「だって」と唇を尖《とが》らせる。

「エミーに友達ができるのは嬉しいけど、わたしが知らない間にできてたっていうのはなんだか寂しいの！　エメラルドの話を聞いたの、もう数か月は前だよ」

拗ねたよう、ではなく、拗ねていた。こういうときにあえて愛称呼びをしてくるのがまた、可愛いというか、愛《いと》おしいというか……。

つい口角が上がりそうになるのを我慢しながら、とりあえず彼女の言葉を否定する。

「えっとね、ベル、フェリシアンさんとはまだ友達じゃないよ」

「まだ、って言う時点で、もうお姉ちゃんの心は決まってるようなものでしょ？」

「えっ、いや……そんなことは……」

「あるんです。お姉ちゃんよりわたしのほうが、お姉ちゃんのこと知ってるんだから」

「う、うーん、それはそうかも……」

きっぱりと言い切られて納得してしまった。私だって、アナベルのことはアナベルよりも知っている自信があるんだから。

そうだよ、とアナベルは深くうなずいた。

「わたしはめんどくさい妹だから、明日の朝まで拗ねちゃうよ。めんどくさくてもわたしのことが大好きなエミーは、わたしの機嫌を直すために何をしてくれる？」

アナベルはうきうきと私の瞳を覗き込んできた。もう拗ねモードは終わったらしい。いや、終わったわけじゃなくて、それを利用するモードに移行したと言うべきか。

私に好かれている自信満々で、大変可愛い。愛してきた甲斐《かい》もあるというものだった。

きっと私が何をしてもご機嫌になってくれるのだろうけど、だからといって適当には答えない。ちゃんと最大限喜んでもらえる提案をしたかった。

「そうだなぁ。今夜はこのまま、同じベッドで一緒に寝ない？」

「ふふふっ、いいね、最高！」

無事一瞬でご機嫌になったアナベルが、隣の自分のベッドから枕を取ってくる。すぐさま戻ってきて、ぼふん、と再度私のベッドに倒れ込んだ。

「せっかくだし、まだまだおしゃべりしよ！」

「明日もお互い仕事なんだから、ほどほどにしようね？」

「わかってるわかってる！」

このテンションの高さは、絶対なかなか寝てくれないやつだなぁ。まあ私があくび一つでもこぼせば、即座におしゃべりをやめてくれるんだろうけど。

ライトの明かりをさらに絞って、薄暗い中、横向きになってアナベルと顔を突き合わせる。シングルベッドなので、女性二人と言えど当然狭い。

「フェリシアンさんってどういう人？　お客様としてじゃなくて、友達としての話ならちょっとはできるよね？」

もうフェリシアンさんの話は聞きたくないのかと思っていたのに、意外にもアナベルが出した話題はそれだった。

フェリシアンさんがどういう人か。

友達という言葉は一旦否定せずに、難しいお題にうーんと唸《うな》って、ぽつぽつと答える。

「伯爵なのに、全然身分とか気にしない人だよ。私の仕事ぶりも褒めてくださって……尊敬できるし、信頼できるから、友人になりたいって言ってくださって」

「へぇ！」

アナベルは嬉しそうに相槌を打った。見る目がある、とでも思っているのかもしれない。

「なんか……穏やかで優しい人なんだけど、結構強引なところもあるんだよね。悪い意味じゃなくて。そういうところは妹さんも似てるかな」

「なるほど、妹。だから仲よくなれたんだね」

「……納得が早いね？」

「お姉ちゃんの性質をよくわかってるって言って」

ふふん、とアナベルはドヤ顔をした。

「お姉ちゃんは、フェリシアンさんと一緒に話してて楽しい？　あ、でも、まだ個人的な話をあんまりしてないからこそ、友達だって自信が持てないのか」

「……あ、そこも原因か。言われて気づいた……ほんとに、私のことをよくおわかりで……」

「でしょ？」

普段の会話は、主に宝石に関することだ。セレスティーヌ様のお話を聞いたり、私がアナベルの話をしたりはするけど、お互いの個人的な話はあまりしていない。

アナベルに指摘されて、そこも引っかかっていたんだな、と自覚する。

「お姉ちゃん、仕事中に全然関係ない話とか、自分からは絶対できないもんね」

「だって仕事中だよ？」

「うん、だから、それでも友達になりたいって思ってるのはすごいことだなって。そのフェリシアンさんって人の距離の詰め方が上手なのかなぁ」

「……私も友達になりたいって、思ってる……のかな……？」

確かにいい人だし、人間として尊敬できる人だとは私だって思っている。お話ししていて楽しいと感じる時間だってもちろんある。

だけど、ベルナデット様のように魔宝石を愛する仲間というわけでもないし……シスコン仲間というわけでもないのはわかった。いや、セレスティーヌ様への愛が本物なのはひしひしと感じるけれど。

とにかく、共通点があまりないのだ。別に、友達になるために必ずしも共通点が必要というわけじゃないのはわかってる。

だけど、こんなに身分差があって、なのに共通点はなくて。

それでも友達になりたいなんて、思っていいものなんだろうか。

戸惑う私に、アナベルが優しく目を細めた。

「お姉ちゃんって、ほんとに宝石一筋だもんね。あとは家族がいればもう、世界が完結してるって感じ」

「私のことそんなふうに思ってたの？　まあ確かに……否定はできない、けど」

「だからね」

そこでアナベルは、大事な内緒話をするように声を潜めた。

「――エミーの世界が広がったら、嬉しいなって思うよ」

「……ベル」

じん、と感動して、それ以上の言葉が継げなくなる。

感動と同時に、自分が情けなくもなった。五つも年下、精神年齢で言えばもっと年下の妹に、こんなことを言わせてしまうなんて。年上なら、姉なら、世界はこんなに広いんだよって教えてあげなきゃいけない立場なのに。

私の世界は、広いようでまだまだ狭い。むしろもしかしたら、アナベルのほうが広い世界で生きているのかもしれない。

小さく息を吐いて、ゆるりと微笑む。

「……ありがとう、ベル」

「どういたしまして！」

にっこりと笑ったアナベルは、「ところで」と話を切り替えた。

「フェリシアンさんって、かっこいい？」

「……ベル？　それはどういう意図の質問？」

「だって、お姉ちゃんの周りに男なんて、今までペランしかいなかったから……。わたし、お姉ちゃんがどんな人が好みかも聞いたことないいんだよ」

また少し、声音に拗ねたような色が混じった。あー、と思わず苦笑いしてしまう。

今まで訊《き》かれてこなかったから油断してたけど、ベルも恋バナに興味あるのか。いや、まあ、そりゃあそうだよね。私の話だったらなおさら気になるだろう。

浮気とかしない誠実な人……っていうのは、別に好みじゃなくて当たり前の話だよね。

少し悩んで、結局正直に答えることにした。

「好みとか、そういうのはないかな。そもそも恋愛に興味がないの。父さんや母さんに結婚しなさいって言われない限り、結婚もするつもりはないよ」

ずっと昔に心に決めていたことではあったけど、口にするのは緊張した。恋愛結婚をできる人間は現代日本より少ないとはいえ、恋愛に興味がない人間が少ないわけではないのだ。

それでもアナベルなら私の考えを否定することはないし、きっと深掘りしてくることもない。そう確信できていなければ、曖昧な答えでごまかしていたかもしれない。

アナベルはちょっと目を丸くして、ぱちぱちと瞬《まばた》きをした。

「……そうなんだ。ごめんね、話振られるのも嫌だった？」

「ううん、大丈夫。気にしないで」

予想どおりの答えにほっとして、アナベルの頭を撫でる。

「好みとかは答えられないけど、フェリシアンさんがかっこいいかどうかは答えられるよ。あの方は……かっこいいってよりは、美しい人かな。宝石みたいな人なの」

初対面のときの衝撃を、いまだにありありと思い出せる。

比較するのも失礼な話だが、ベルナデット様にお会いしたときには『宝石みたい』だなんて感じなかった。ベルナデット様の美しさは、こう表すのもおかしいかもしれないけれど、ちゃんと人間としての美しさだと思う。

でもフェリシアンさんは……本当に宝石みたいなんだよね。二人の美しさにどんな違いがあるのか、はっきりと説明はできないんだけど。

「――そ、そんなの……」

アナベルは目を見開いてわなないた。

「お姉ちゃんの最上級の褒め言葉じゃん!!」

「わっ、びっくりした……いや、私がびっくりさせちゃったのか？　ご、ごめん？」

「びっくり……は、してないけど……」

隣の部屋ではもう両親が寝ているかもしれない、と思い当たったのか、アナベルはすぐに声量を抑えた。

「でも、そっか、うぅん……そっかぁ」

一瞬だけぎゅうと眉根を寄せてから、アナベルはふわりと笑った。

「そんなに美しい人なんだね。お姉ちゃんがそこまで言う人、わたしも会ってみたいな」

「ふふ。いずれ機会はあると思うよ」

アナベルはもうそろそろ、会計士の資格試験を受ける。一年と数か月の間、家庭教師の先生に授業をしていただいたり、自分で復習したり、こつこつと勉強をしていた成果がそこで出るのだ。

そこで資格を取れたら、今の刺繍《ししゅう》の仕事を辞めて、会計士としてアステリズムに就職してくれる予定だった。店先に出てもらうことはあまりないだろうけど、店にいてくれさえすれば会う機会は訪れるだろう。

「……勉強、気を抜かずに頑張ります」

「うん、頑張って。無理はしちゃだめだからね」

「今日みたいに、ちゃんと息抜きする日作ってるから大丈夫だよ」

そう言って、アナベルは甘えるように身を寄せてきた。

その頭をまた撫でてから、せっかくの流れなので訊いてみる。

「ベルは？　好きな人とか、好みのタイプとか何かある？」

これで好きな人がいるって言われたらどうしよう。いや、どうしようも何もないんだけど。私にできるのは、余計な口を挟まずに見守ることだけだろう。

「好きな人はいないよ。好みのタイプは、お姉ちゃんを大事にしてくれる人」

「……それって好みのタイプって言うの？」

「言うよ！　絶対条件だよ！　わたしとお姉ちゃんを同じくらい大事にしてくれる人じゃなきゃ、絶対ぜーったい、嫌」

アナベルはきりっと真面目な顔をした。

「そういう人じゃないと、わたしは好きになれない」

「言い切っちゃうんだ……」

「そうじゃないと、わたしじゃないでしょ？」

「……ふふ、そうかもね」

アナベルの目が眠たげになってきたので、「そろそろ寝ようか」と明かりを消す。おやすみ、と交わし合って、私たちは目をつぶった。


翌日来店したフェリシアンさんを、私はすぐに応接室にご案内した。

「今日はオーダーの相談をしにきたわけではないんだが……私に何か話でもあるのか？」

通常の予約であればこの部屋に案内することはないので、フェリシアンさんが疑問に思うのも当然だろう。そして察しがいい……。

ノエルさんが紅茶を出すのを視界の端に映しつつ、「実はそうなんです」とうなずいて単刀直入に切り出す。

「第三王女殿下の猫が行方不明になっていませんか？」

「……なぜ、きみがそれを？」

驚いたようにわずかに目を瞠《みは》るフェリシアンさんに、よかった、と息を吐く。

あの猫を見つけられて、保護できて、しかもこんなにすぐ家に帰せる道が見つかった。ペランとユリス様には改めて感謝しないと……。もちろん、怪我を治してくれたターニャにも。

「昨日当店の従業員が、怪我をしている迷子の猫を見つけたんです。そのときたまたまいらっしゃったお客様に猫の特徴をお伝えしたところ、もしかしたら第三王女殿下の猫かもしれないという話になりまして……」

「確かに殿下の猫は、一昨日から行方不明になっているらしい。その猫の特徴は？　怪我はどの程度だ？」

「真っ白な猫で、緑色の魔宝石のクリソベリルキャッツアイがついた首輪をしていました……このような石です。できるだけ似たものを選びました」

実物を見ていただいたほうがわかりやすいだろうと、用意していたキャッツアイを見せる。

「怪我については、従業員の家で保護した後、ターニャの回復魔法で治療を行いました。走り回れるほど元気になっているようですが、猫を診ることのできるお医者様がいらっしゃいましたら、念のため診ていただいたほうがよろしいかと存じます」

あの回復魔法が、猫にどれくらい負担をかけたかもわからない。軽率にもう大丈夫ですと断言することはできなかった。

それにしても、行方不明になったのは一昨日からだったのか……。本当に早く保護できてよかった。これほど早く情報を把握しているということは、フェリシアンさんってやっぱり第三王女殿下と親しいんだな。それとも一部の貴族の間ではすでに知れ渡っていたとか？

フェリシアンさんは難しい顔をして、「確かに殿下の猫だろうな」とつぶやいた。

「もし違ったとしても、確認しないわけにはいかない。教えてくれてありがとう、すぐにでも迎えを向かわせよう。猫は今もその従業員の家にいるのか？」

「はい。私の家のすぐ近くで――」

ペランの家の場所を教えると、フェリシアンさんは従者の方に指示し、家から迎えを向かわせたようだった。そしてすぐさま紅茶を飲み干して立ち上がる。

「慌ただしくてすまないが、殿下には私から説明したほうがいいだろう。今日はこれで失礼させてもらう」

「こちらこそ、フェリシアンさんにお手数をおかけすることになり申し訳ございません。よろしくお願いいたします」

頭を下げた私にうなずいてから、フェリシアンさんは何かをためらうように視線を揺らした。表情の変化は微かだったのに、読み取れたことに自分でも驚く。

このままでは言葉を呑《の》み込《こ》んでしまいそうな気配がしたので、慌ててこちらから水を向ける。

「いかがなさいましたか？」

「……この店の都合さえよければ、夕方ごろにまた来てもいいだろうか」

口にされたのは、そんな控えめなお願い。

確かにこれほど短い訪問時間では、大した息抜きにはならないだろう。お忙しい中、時間を見つけて来てくださっているというのに……。別件を持ち出してしまったのはこちらの甘えだ。

申し訳ないと反省しながら、嬉しさも感じてしまった。

だってこの状況で、その日のうちにまた来たいと思っていただけるなんて。ここで過ごす時間を大事に思ってくださっている証だろう。

居心地のよさを店のコンセプトとして打ち出しているわけではないけれど、あって悪いものではない。むしろあったほうがいいものだ。

「……ありがとうございます。お待ちしております」

満面の笑みを浮かべてしまいそうになるのを耐えて、私は小さく微笑んで、フェリシアンさんをお見送りした。


夕方になって、フェリシアンさんは約束どおり再び来店された。

今回も応接室へとご案内する。さっきの話の続きがあるかもしれないし、外から見えない場所のほうが落ち着いて石を見られるだろうから。

ノエルさんが紅茶を置いて下がったところで、フェリシアンさんが話を切り出した。

「保護してくれていた猫は、やはり第三王女殿下の猫だった。改めて感謝したい。ありがとう、エマ。協力してくれた者たちにも感謝を伝えてくれ。殿下からも礼を伝えるよう仰せつかった」

「身に余るお言葉、ありがとうございます。必ず申し伝えます」

王族から感謝を伝えられるなんて、そうそうない経験だ。恐縮で震えてしまいそうだった。

「よろしく頼む。……ところで、殿下にこの店の話をしたらすでにご存知だったんだが、来店されたことが？」

「えっ!?」

寝耳に水だった。ぎょっとして、慌てて記憶を辿《たど》る。

ベルナデット様に並ぶ美姫ともなれば絶対に印象に残っているはずだ。それに一応、新聞でなら見たこともある。

しかしいくら思い返しても、殿下らしき方が来店された覚えはなかった。

「い、いえ……殿下ご本人がいらっしゃったことはないかと思います。お付きの方がいらっしゃっていた可能性はありますが……」

「ああ、確かにその可能性のほうが高いな」

「……もう一つ考えられる可能性があるとしたら、一号店が理由かもしれません」

普段は意識しないことではあるが、一号店と王家には小さな縁があった。

「一号店を営んでいるのは私の両親なのですが……二十年前の戴冠式のために王冠を作製したのが、

両親なんです」

「……なるほど。そんな関わりがあったのか」

驚いたようにフェリシアンさんは目を瞠った。

二十年前、当然私はこの世界にいなかった。だから両親から聞いた話でしかないが、当時王冠のデザインコンペがあったらしい。そこで見事選ばれたのが、母さんのデザイン。実際に作製するのも任され、二人で協力して作り上げたのだとか。

以降、両親は時折王族の方のジュエリーを手がけるようになった。その中に第三王女殿下のものはなかったように思うけど、何かの拍子に二号店のことを知ってもおかしくはない。

フェリシアンさんは感嘆の息をこぼした。

「王冠か……。絵画の中でしか見たことはないが、ご両親は素晴らしい仕事をされたな」

「はい！　本当に……尊敬しています」

いつか私も、そんな仕事をしてみたいものだった。名誉自体に興味はないけれど、多くの人の目にふれるジュエリーは手がけてみたい。それをきっかけに宝石を好きになってくれる人もいるかもしれないから。

「殿下はあの王冠が非常にお好きだ。気分転換に宝物庫に入っては、よく眺めているらしい」

「両親が聞いたら喜びます！　伝えてもよろしいでしょうか？」

訊いてしまってから、これはフェリシアンさんに許可を求めたところで意味がないのではないかと気づく。フェリシアンさんがこんなに軽く話してくださるんだし、殿下にとってもそれほど重大な話ではないかもしれないけれど……作り手本人に伝わるとなると、また違うだろう。

けれどフェリシアンさんはにこりと微笑んだ。

「もちろん、むしろ伝えてくれ。素晴らしい品を作ってくれた礼を言いたいと、王冠を話題に上げるたびにおっしゃっている」

「そういうことでしたら、ありがたく申し伝えます」

そこでふと何かが気にかかったように、フェリシアンさんは不思議そうな表情を見せた。

「……今更な質問なんだが、なぜきみは、第三王女殿下の猫の話を私にしようと？　確かに私と殿下は友人ではあるが、きみに話したことはなかっただろう」

そういえば、そこについて説明するのを失念していた。とはいっても、ユリス様のことをどこまで話していいものか……。

とりあえず当たり障りのない範囲で答えることにする。

「殿下の猫かもしれない、とおっしゃったお客様から、フェリシアンさんに相談するようアドバイスをいただいたんです」

「そうか。……もしかして、ユリスか？」

なんでこれだけでわかるの!?

肯定するのもまずいかもしれず、かといって急にごまかすことも難しい。……この不自然な沈黙が、もう答えを言ってしまったようなものだった。

返答に窮した私に、フェリシアンさんは慌てて言葉を続けた。

「すまない、きみを困らせるつもりはなかった。他の客の話をそう簡単にできるわけがなかったな」

「……申し訳ございません。ご配慮いただきありがとうございます」

いいや、と首を振って、フェリシアンさんは紅茶を傾けた。そしてカップを置き、ユリス様との関係について語ってくださる。

「ユリスは寄宿学校時代の後輩で、それなりに話す仲だった。しかし……私の友人の第二王子とは、馬が合わなかったようで。他にも理由はあるが、それもあって第三王女殿下とは仲がよくないんだ。猫が行方不明だという情報が出回っていない状況で、ユリスが見つけたと言い出すのは難しいだろう。誘拐犯だと疑われる可能性もあるだろうからな」

ま、またぽんっとすごい方が出てきた……。王女様に続いて、王子様まで。

もともと第二王子殿下と親しくしていた繋《つな》がりで、第三王女殿下ともご友人になられた、というところだろうか。それなら――それなら？

……それなら、何だというんだろうか。

自身の思考に内心で首をかしげる。自分が何を考えようとしたのか、自分のことなのにまったくわからなかった。なんだかちょっともやもやする。

ひとまず気にしないことにして、私はフェリシアンさんの話に耳を傾けた。

「殿下からの謝礼を求める気のない人間で、なおかつ宝飾品に興味があり、私の名前を出せる人間となると、ユリスなんじゃないかと思っただけなんだ。軽率に口に出してしまってすまない」

「い、いえ、お気になさらないでください！　ユリス様にはもともと、この店のことをお話ししてくださっていたんですか？」

　ユリス様は、耳に挟んだ、という言い方をしていた気がするけど、もしかしたらフェリシアンさんご本人から聞いたのかもしれない。その予想に反し、フェリシアンさんは、「いや」と否定した。

「直接話したことはない。だが私がこの店によく来ていることは周知の事実だろうし、どこかで偶然耳にしてもおかしくはないな」

「……周知の事実、ですか？」

　思わぬ言葉に目を瞬く。

　確かに貴族の女性のお客様から、フェリシアンさんについて訊かれたことは何度かある。だからある程度は知られていることなのだろうとぼんやり思っていたけれど、まさか『周知の事実』にまでなっていたなんて……。

「セリィのイヤリングは、この店の宣伝として使っているだろう？　そのついでに、私もこの店についてよく話しているだけだ。素晴らしい宝石店がある、と」

　何てことのないように言って、フェリシアンさんはまた紅茶を口に運んだ。

　い、よく話している。

　……そんなに、何度も。

　フェリシアンさんがカップを置くまでの短い時間に、私は小さく小さく、息を吐いて、吸った。

「――……ありがとうございます。光栄です」

　背筋を伸ばしてから、深く頭を下げる。

本当に、光栄なことだった。そんなふうに、何度も話していただけるに足る仕事ができたことが嬉しい。誇らしい。今後も絶対に、その信頼と期待を裏切りたくないと思った。

胸に手を当てて、フェリシアンさんをまっすぐに見据える。

「もしも万が一、今後フェリシアンさんが当店に失望するようなことがあった場合には、どうか皆様に忌憚《きたん》のない評価を広めてくださいませ」

我ながら、覚悟の熱がこもった声だった。その熱が伝わったのか、フェリシアンさんはふっと微笑んで即答した。

「万が一にもないだろうが、約束しよう」

私の人生の中で――前世も含めて、この約束が一番重くて、一番嬉しいものかもしれない。

じわじわと込み上げる喜びのままにだらしなく笑い返してしまいそうになって、私は慌てて表情を引きしめた。覚悟を表明した後にそんな顔、格好がつかない。フェリシアンさんならまったく気にしないだろうけど、これは私自身の矜持《きょうじ》の問題だ。

あくまで控えめな微笑みを意識して、「ありがとうございます」と再度感謝を伝えた。ああ、とフェリシアンさんは目を細めた。

「さて、そろそろ今日の本題に入ろう。この店では、猫の首輪作りも可能だろうか？」

「……作製したことはございませんが、可能です」

戸惑いながらも肯定する。

首輪作りの職人に今のところ伝手《つて》はないし、そもそもそんな職人が存在するのかも知らないが、父さんと母さんの顔は広い。見つかる可能性は高かった。

もし見つからないとしても、シャンタルが革も加工できるから、頼めば喜んで作ってくれるだろう。職人としての気質なのか、シャンタルは新しいことに挑戦することが大好きだ。革でなく綿の素材で作る場合には、その部分だけ外注も考えたい。

フェリシアンさんは従者の方に声をかけ、テーブルの上に小さなケースを一つ置かせた。

そのケースに収まっていたのは、濃厚な蜂蜜色をしたクリソベリルキャッツアイの原石。

客観的な価値基準として、キャッツアイはこういう色が最も価値が高いとされる。ハニーミルクとも表される、優しい色合い。ミルクのようなとろりとした輝きがおいしそうにすら見える。そして精霊のはしゃぎ方を見るに、磨けばそれはもう鮮やかなキャッツアイ効果が現れるだろう。ここまでのキャッツアイ、なかなかお目にかかれるものではない。

首輪の依頼をにおわせる言葉に、このキャッツアイ。

流れはもう読めたようなものだったけれど、私はそっと次の言葉を待った。

「――第三王女殿下からのご注文だ」

フェリシアンさんは、ケースを私のほうへと押し出した。

「この石を使った、今とは違うデザインの首輪がほしいらしい。必要であれば、他にどんな宝石を使ってもいい。見積価格に上乗せして支払いをするから、それで従業員に特別手当を出すようにと」

……猫を保護した程度で、庶民相手にそう簡単に謝礼は出せないのだろう。だからきっと、こういう形でお礼をしたいと考えてくださったのだ。

それを確認するような野暮《やぼ》なことは言わず、私は粛々と「かしこまりました」と目礼した。

アステリズムで販売するジュエリーやアクセサリーは、私がすべてをデザインしているわけではない。

場合によっては、懇意にしているフリーのデザイナーさんに外注することもある。私が他の仕事で忙しかったり、この注文の方向性ならあの人のほうが向いてるな、と判断したりしたときには頼らせてもらっていた。

今回の首輪は、フェリシアンさんからのエメラルドの依頼のように、店の今後に大きく関わるような案件ではない。ベルナデット様からの注文のように、私にデザインしてほしいと言われたわけでもない。

けれど、重要な注文であることに間違いはなかった。せっかくのお心遣いに、店長である私がお返しできなくてどうするのか。両親の作品を愛してくださっている方の注文なのだから、なおさらである。

だから私がデザインしたい、のだけど。

「でも、猫の首輪かぁ……」

閉店後、私は店の奥の小部屋に残ってデザイン案を考えていた。

通常のジュエリーであれば、それなりにアイディアの引き出しを持っている自負はある。しかし猫の首輪となると、これがなかなか難しかった。ペンダントと同じような感覚で作ればいいんだろうか……。

とんとん、とペン先で紙を軽く叩《たた》く。さすがに前世ほどの高品質さではないが、紙が普及しているのは大変ありがたい限りだった。

小さくうなっていると、扉がノックされた。どうぞと促せば、ペランがひょこりと顔を覗かせる。

「……お疲れ。順調か？」

その手には紅茶とクッキーを載せたトレイがあった。休憩用に持ってきてくれたらしい。

「ちょうど甘いもの欲しかったんだ。ありがとう、ペラン。順調とは言いがたいけど、頑張るよ。……あ、ねえ、あの猫の首輪ってこんな感じだったよね？」

思い出せる範囲で、ささっと首輪の絵を描いて見せる。

黄緑色の革の中心に、小さめな緑色のクリソベリルキャッツアイがぶら下がるようにつけられていた。特に凝った意匠もなく、シンプルなデザインだったはず。それでももっとちゃんと観察しておけばよかったな……。

ペランは机にトレイを置いてから私の絵を見て、こくんとうなずいた。

「うん、こんな感じだったと思う」

「ありがと。これと違うデザイン、なぁ」

逆に選択肢が多すぎる。いくつか描いたデザインをぱらぱらめくって、私はため息をついた。

「どんな宝石使ってもいいって言われてるけど、いろいろつけすぎると猫には邪魔だよね」

「この石だけでも、ぱっと見邪魔そうだったしな。本人……本猫（？）は気にしてないっぽかったけど、石が増えたらどうなるかわかんねぇし」

「だよね。となると、やっぱり他に石を使うとしても一個か二個、小さい石だけで……。んん、一個が無難か。メレダイヤだったらいくつか使っても大丈夫かな。カッティングを工夫できたらよかったけど、キャッツアイだからなぁ」

キャッツアイは猫の目のような光が一番重要だ。その光が強いほど守護の力も強まる。

魔宝石ではない普通の宝石だったら、あえて別のカットを試すのも面白くはあるけど……用途を考えると最適なのはカボション・カット。丸いドーム型のカットだ。それ以外の選択肢はない。

カボション・カットは面がないから、光をたくさん反射してキラキラ輝く、ということはない。けれど石本来の色や光り方を楽しむことができるため、アステリズム《星彩効果》やキャッツアイ効果《変彩効果》が見られる石に最適なカットである。

カットを工夫できないとなると……あとは地金か。でもそっちこそ、あまり凝りすぎたら猫にとって邪魔だろう。

添えられるとしたら小さい石。そっちのカットはあまり目立たないし、円形か楕円形《だえんけい》にするキャッツアイとの調和を考えると奇抜な形にもできない。カボション・カットでも、たとえば三角形とかにできなくもないんだけど……キャッツアイ効果が映えるのは円だからなぁ。

キャッツアイを囲うようにメレダイヤを配置する、というのも面白味《おもしろみ》がない。いや、シンプルなデザインだからこその美しさはある。私は好きだ。好きだけど、せっかくのフルオーダーなのだ。もう少し凝りたい。

でも王女殿下がシンプルなデザインを好きな可能性を考慮して、デザイン案の一つとして提出はするか……。あっ、そうだ、せっかく原石で預かったんだから、光の入り方をうまく調整しつつ小さめに三つにカットするとかも――

「革ってさ、刺繍とかできねぇの？」

ペランの問いに、深く沈みそうだった思考を打ち切る。……刺繍。

ばっとペランの顔を見ると、勢いに驚いたのか彼はちょっと後ずさった。

「その方向から攻めるのもあり！　ありがとう、ペラン、そっか、石じゃなくてそっちも工夫できるのか。ペンダントはチェーン自体に何かすることないから思いつかなかった……！」

「お、おう、適当に言ってみたけど、なんか役に立ったんならよかった。刺繍ならベルに頼んだら……とか思ったけど、おまえはそういう公私混同絶対しないもんな。ベルに実力があるんならともかく」

「そうだね、刺繍は専門外だから外注するとしても、ベルには頼まないかな……念のため訊くけど、ベルの刺繍の腕が悪いって言ってるわけじゃないよね？」

「言ってない言ってない」

冗談めかして確認すると、笑い混じりに否定された。

「あいつが普通に刺繍うまいのは知ってるよ。でも、『普通に』レベルじゃだめだろ。第三王女殿下からの依頼なんだし」

「ペラン」

「あー、すいません、店長。客が誰かは関係なかったな」

名前を呼ぶだけで伝わるのだから、幼馴染《おさななじみ》とは便利なものである。

ベルには絶対こういうとこ見せちゃだめだけどね……。やきもち焼かせちゃうから。

と、そこまで考えて、私は「あっ」と声を上げてペンを置いた。

「ベルと言えば！　ペラン、前に訊いたこと結局ごまかしたでしょ」

「前？」

ごまかそうとしているのか、本当に思い当たらないのか。眉をひそめるペランに、ぐっと身を乗り出して続ける。

「ベルのこと好きだって自覚したタイミングの話！」

途端にものすごく嫌そうな顔をされた。

「仕事中に仕事に関係ない話はしない」

「もう業務時間外だよ。そんなに聞かれたくないの？」

「……好きな奴《やつ》の姉にそんな話したい奴がどこにいんだよ」

ふぅん、とにやけでもしたら怒らせてしまうのは間違いないので、私は「それはそうだろうけどさ」と言うに留《とど》めた。

好きな奴。好きな奴、かぁ。その単語を引き出せただけでも、もう結構満足だ。

確かに好きな人の身内、なおかつ幼馴染ともなれば、こういう話はしたくないか。嫌がることを無理強いはしたくないけれど、気になる、というのを態度に表すくらいは許される仲だ。

「余計なお世話なのは承知してるけど、今の態度じゃ絶対伝わらないからね？」

「伝える気ねぇし」

「え!?　なんで!?」

思わず目を丸くしてしまった。

ペランはアナベルに敵視されているとはいえ、私が知る限り、家族以外の人間の中では一番親しいのだ。ベルってガード堅いんだよね。

私が関わらなければ、二人は穏やかに話していることもある。今はまだアナベルからの恋愛的意味での好意がなくても、いずれ発生する可能性はあると思っていた。そのときにはのんびり見守りたいな、と考えていたんだけど……。

ペランは私の反応に顔をしかめた。

「なんでって……そりゃあエマにとっては、どこの馬の骨とも知らない奴より、俺と結婚したほうが安心できるんだろうけど」

「うっ……た、確かに、そう考えちゃってるのは否定できない、かも」

たった今言われるまで、そんなことをはっきり考えたことはなかった。けれど、本当にそういう気持ちがないのか、と訊かれたら自信はなかった。

だってもし、もしも、ベルが私の元婚約者みたいな奴と付き合うようなことがあったら……？

考えるだけで恐ろしすぎる。吐き気がする。だったらまだ、信頼できるペランと結婚してくれたほうがいい。……ベルの幸せを第一に考えているつもりだったのに、こんな自分本位な気持ちがあったなんて信じたくないな。

顔を引きつらせて反省していると、ペランは呆《あき》れたように小さく笑った。

「でも、そういうんじゃないだろ。おじさんもおばさんも、おまえたちの幸せが一番だから、無理に結婚しなくていいって言うだろうし。そもそもあいつの幸せに恋愛とか結婚が必要かどうかも微妙っていうか……」

首をひねるペラン。

ベルの幸せに、恋愛や結婚が必要か否か。

……現状は不要だろう。いまだ恋をしたことのないベルは、それでも楽しそうに日々を過ごしている。恋への憧れを聞いたこともない。

それに、ベルと私を同じくらい大事にしてくれる人、という条件も非常に難しい。だってベルは、すごく可愛いんだから。大抵の人は、私よりも彼女を優遇する。そもそも、好きな人とその他を同じように扱えなど無理な話なのだ。

私が何も言えないでいるうちに、ペランは言葉を探すようにゆっくりと続けた。

「ベルには、したいことして、生きたいように生きてほしいんだよ。俺からなんか行動して、それがあいつを変えるかもしれないのは嫌だ。他の奴があいつを変えたってどうも思わねぇけど……俺が変えるのは、嫌だ。自惚《うぬぼ》れじゃなく、一応、変えられるかもしれない位置にいるのは自覚してるからさ」

「――ペ……ペランって」

口元を手で覆う。そんなことをしたって、この笑み崩れた顔を隠しきれるわけもないけれど。

だって。だってだって、こんなの！　愛でしかないじゃないか。

「愛情深い人だったんだね……」

「あ、愛とか言うのやめろよ!!」

「愛の人だったんだ……」

「余計こっぱずかしい響きになってんだけど！　やめろ！」

ペランは顔を真っ赤にして怒鳴った。からかいすぎてしまったかもしれない。「ごめんごめん」と謝れば、それで済む問題じゃないとばかりに睨《にら》みつけられた。

「……ごめんなさい。すみません。からかいすぎました」

「よし」

これでよしなんだ。やっぱり大概、ペランも私に甘い気がする。……まあどっちもどっち、なのかな。

なんというか、恋を自覚したタイミング、よりよっぽどすごい話を聞かせてもらった気がする。悔しいけれど、私の愛よりも、ペランの愛のほうが深いようだな。……いや、そんなことはないか。うん、そんなことないな。たぶんベクトルが違うから比べられない。どっちも深い、ということにしておこう。

大好きな妹をこれだけ思ってくれる人が身近にいるというのは、とても嬉しいことだった。

「……いや、それだけベルのことが好きで、なんでいっつもあんな態度悪いの？」

ついこぼれた疑問に、ペランはふんと鼻を鳴らす。

「態度悪いのは向こうが先だろ」

「あー、まあそう、だけど……ちなみになんでベルに敵視されてるかわかってる？」

原因が私なので、申し訳ないな、とずっと思っていたのだ。もし気づいているのなら、自己満足かもしれないけれどこれを機に謝っておきたい。

「俺がエマのこと好きだとか勘違いしてんだろ、どうせ。勘違いしてる限り、あいつは絶対俺に好かれてるって気づかないからいいんだよ」

「うわぁ……そういうものなんだ」

「そういうもんだよ」

ペランはあっさりと言ってのけた。

「謝ろうと思ってたんだけど、もしかして必要ない？」

「まったく。そもそも、エマがあいつのことで謝る必要は何一つないだろ」

「でも勘違いしてるのわかってたのに、本気で訂正したことなかったし……」

「エマが関わったときのあいつの思い込みの強さ、舐《な》めてんのか？　おまえが訂正したところでなんも変わんねぇし、そもそも俺にとっては勘違いされてたほうがいいんだって」

そう言われると、もう二の句が継げなかった。大人しく納得しておこう。

ペランはそこでふと視線を落とした。

「……あと」

言葉を続けようとして言い淀《よど》む。けれど結局、「いや、何でもない」と首を横に振った。き、気になるんだけど……でもこういうとき、ペランって絶対教えてくれないからなぁ。

「それじゃあ、俺は帰るから。あんま遅くなんないうちに、おまえも帰れよ」

「うん、お疲れさま。明日もよろしくね」

去っていくペランを見送って、机に向き直る。冷めきった紅茶を一口……これ、たぶんノエルさんが淹《い》れてくれた紅茶だな。おいしい。

添えてあるクッキーも一枚、ぱくりと口に放り込む。素朴な甘さにほっと息をついて、私はもう一口紅茶を飲んだ。

よし。糖分補給もしたし、首輪のデザイン案出し頑張ろう。


数日後、フェリシアンさんがまた来店された。

今後の打ち合わせは第三王女殿下付きの誰かが、という話も出たらしいが、フェリシアンさんが自分から名乗りを上げたらしい。

「息抜きと称さなくてもこの店に来ることができるのは、私にとっては嬉しいことだからな」

どこかご機嫌な様子のフェリシアンさんに、「光栄です」と微笑み返しながら、私はいくつかのデザイン案を提出した。この中から王女殿下ご本人にお選びいただいて、また数日後にフェリシアンさんから返答をいただく予定だった。

ただの連絡係のようで、本当に伯爵にやっていただくような役割ではないんだけど……。ご本人が望まれていることなら、私が何か言うことでもない。

デザイン案をさらりと確認して、フェリシアンさんはうなずいた。

「確かに預かった。ここに書かれていないことで、何か口で補足しておいたほうがいいことはあるか？」

「それでしたら、差し出がましいことかもしれませんが……。それぞれのデザインの意図についてご説明いたします。王女殿下がお悩みになられているようでしたら、ご参考までに補足していただけますと幸いです」

首輪の本体部分のデザインは外注したものを数点提出したので、私のほうで勧めることはしない。宝石部分のデザイン案は五つ。方向性としては、三つに分けた。

一つ目、ものすごくシンプルなもの。キャッツアイ以外の石は使わず、地金もできる限り少なくした。これが一番、猫への負担は少ないだろう。結局メレダイヤで囲うだけのデザインはやめた。

二つ目、デザイン性を重視したもの。キャッツアイの他にシトリンとメレダイヤをいくつも使用している。人間用のものとしては特に問題ないが、猫にとっては重いかもしれない。猫が首輪をつけられなくても構わない、ということであればこれでもいいだろう。

最後が、できる限りシンプルにして石の数を減らしつつも、地金の形などを工夫して面白味を出しているもの。猫の負担とデザイン性、どちらもバランスよく考えたデザインだ。この方向性が一番いいだろうと判断して、五つのうち三つをこれにしている。

「わかった、殿下に伝えよう。おそらく殿下も、この三つのどれかを選ぶだろう」

「ありがとうございます、よろしくお願いいたします。どれも気に入らない場合はデザインの修正も可能ですので、その際には修正の方向性をご提示いただければと思います」

修正の大きさに応じた料金についても、軽く説明しておく。本当はこれくらいサービスしたいところなんだけど、殿下はできる限り料金を吊り上《つ》《あ》げたいようなので……。

さて、説明すべきことはこれくらいかな。あとはちょっとした確認がしたい。

「それから一点、確認していただきたいことがあります。先日いただいたあのキャッツアイに、私の魔力を込めさせていただくことは可能でしょうか」

「ああ、その質問なら今答えられる。すまないが、王族の身の回りの魔宝石に魔力を込めてもいい人間は、特定の者に限られているんだ」

やっぱりそういう感じだよね。悪意を持って魔力を込められた魔宝石は、場合によっては危険な力も持ち得る。

もともとだめ元で確認したことだったので、「かしこまりました」とあっさり返す。殿下からのご注文の件で、今日やりとりできるのはこの程度だ。

フェリシアンさんはもうお帰りになるだろうか。それとも、いくつかのジュエリーやルースを見ていってくださるだろうか。だとしたら、昨日サニエ卿から買い付けたパパラチアサファイアがすごく見事だから、ぜひお見せしたいのだけど。

顔には出さないようにしながらそわそわしていると、フェリシアンさんはふっと自身の手元に視線を向けた。手元に、というより、そこにあるアクアマリンのカフスボタンに、だろうか。

少し前に当店でお買い上げいただいた品である。フェリシアンさんが身につけるなら絶対これだというアクアマリンを見つけたのでお見せしたら、せっかくなら、と注文してくださったのだ。瞳との調和が美しく、見るたびに密《ひそ》かに惚《ほ》れ惚《ぼ》れしてしまう。

「このボタンもそうだが、今まできみから、きみの魔力を込めたいと提案されたことはなかった。差し支えなければ、今回の首輪には込めたいと考えた理由を訊いてもいいだろうか」

その件か、と納得してうなずく。

「ご存知のとおり、私は精霊に愛されています。その影響で、私の魔力を込めた魔宝石は非常にハイクオリティになるんです。おいそれと販売できないほどに……」

「なるほど。どれだけ質が高くとも、王族相手であれば問題にならないだろう、と？」

「はい。王族が最高品質のものを身につけるなら、誰も違和感を持たないでしょう。手法についても、フェリシアンさんのご友人であらせられる殿下であれば内密にしてくださるか、そもそもお尋ねにならないのではないかと」

肯定した私に、フェリシアンさんは少し何かを考えるような顔をした。

「……それは、きみにとっては隠しておきたいことだったのではないか？　私に言ってしまってよかったのか」

「精霊に愛されているという秘密は、すでにお教えしていましたから。共有する秘密が少しだけ増えたところで、何も変わりません」

もともと教えていた秘密の一種のようなものなんだから、フェリシアンさんに対してであれば言わない理由はない。それほど大した話をしたつもりもなかったのだが、フェリシアンさんにとってはそうではなかったようだった。

「ありがとう。きみの信頼を嬉しく思う」

――こんなことをとびっきりの笑顔で言われたら、どぎまぎせざるを得ない。嬉しそうに細められたアクアマリンの目は、いつも以上の輝きを湛《たた》えて見えた。

えっ、あ、はい、そんな……と早口で言い、思いきり視線を泳がせる私はさぞかし挙動不審だっただろう。雑談に移行していたとはいえ、一応は仕事中だというのに情けない。顔が熱くならなかったことだけが救いだ。

この方が美しいことは、なんの言い訳にもならないからな……。気を緩めないよう、しっかりしなければ。

フェリシアンさんはくすりと笑ったものの、ありがたくも私の態度のおかしさを指摘しなかった。代わりのように、残念そうにつぶやく。

「私も何か、開示できる秘密があればよかったのだが……」

「え!? い、いいえ、お気遣いはご不要です」

秘密は互いに打ち明け合わなければならない、なんて決まりは当然ない。私が勝手に話しただけなのだから、気にしてほしくなかった。

「信頼の証として、という意味であれば、もう十分なほどにお言葉をいただいています」

「それだけでは私の気が収まらないんだ。かといって、人に隠しているようなことは特にないからな……」

フェリシアンさんは少し困ったように眉を下げた。

人に隠していることがない……さらりと言っているが、相当すごいことだと思う。そう言い切れる人はなかなかいないだろう。

微かに眉根を寄せていたフェリシアンさんが「そうだ」と声を上げた。

「秘密と呼べるほど大層なものではないし、隠していることでもないんだが」

そう前置きしてから、少々気恥ずかしげに続けた。

「犬が苦手なんだ」

「……犬？」

ぽかんと目を丸くしてしまった。

犬って、犬だろうか。私の知ってる犬？　動物の？

思わぬ言葉に混乱していると、フェリシアンさんは神妙にうなずく。

「ああ。昔噛《か》まれたことがあって、小さい犬でも怖い」

それは、なんというか。……大変可愛らしい弱点だな、と思ってしまった。

この美しい人が、小さな犬相手にたじたじになっているところを想像すると、それだけで微笑ましくなる。ご本人からすれば大真面目で、笑い事ではないのだろうけど。

小さく笑いそうになってしまったのを、私は慌てて咳払いでごまかした。

「ち、小さい犬でも、凶暴な子はいますからね……！」

「……やはり少し情けないだろうか」

――その耳の先がほんのりと赤く染まっていることに気づいて、んん、と声が出そうになってしまった。

か、可愛いと思わせるのはやめてほしい……。美しさだけでなく可愛さまで駆使されてしまった

ら（フェリシアンさんに『駆使している』なんて認識はないだろうけど）、冷静に対応できる自信がなくなる。

そうだ、ベルの顔を思い浮かべよう。ベルはもう間違いなく、私にとって世界一可愛いのだから。他の人の可愛さは、彼女の前では霞《かす》んで見えるはずだ。

アナベルのいろんな表情を一瞬のうちに思い浮かべて、なんとか冷静さを取り戻す。よし、と気合を入れて、私は微笑みを取り繕った。

「いえ、まったくそんなことはありません。苦手なものは人それぞれですから……その、教えてくださってありがとうございます」

「まったくきみの秘密に見合うものでなく、申し訳ない」

「いえいえ！　あっ、私の魔力を込めた宝石についてなんですが、個人的に収集しているものでよ

ろしければ、次の打ち合わせの際にお持ちしましょうか……!?」

ものすごく無理やり話を元に戻してしまったが、フェリシアンさんにとっても都合がよかったのか、「いいのか？　ぜひ見たい」と表情を和らげてくださった。耳の赤みも引いていて、いつもどおりのフェリシアンさんだ。安心する。

「では次回お持ちいたします。私が持っている石は、ティンカーベル・クォーツ、パパラチアサファイア、スタールビー、バイカラートルマリン、ムーンストーン、オパール、ストロベリークォーツ、デュモルチェライト・イン・クォーツ、あとはキャッツアイですが——申し訳ございません、名前を挙げるだけではわかりづらかったですね……」

フェリシアンさんの困ったような表情を見て、失敗に気づく。

さすがに全部お見せするわけにもいかないだろうから、指定していただこうと思っていたのだけど……。だめだな、全然冷静さを取り戻せていなかった。

「ティンカーベル・クォーツとパパラチアサファイアには、私の魔力をすでに込めてあります。残りの石については、フェリシアンさんのご要望次第で魔力を込めて持ってまいります。それぞれどんな石か説明してもよろしいでしょうか？」

「説明はぜひ聞きたいが、なぜその二つ以外には魔力を込めていないんだ？」

「私の魔力を込めなくても、魔宝石は十分美しいからです。……というのももちろん、理由の一つではあるのですが。一番大きな理由は、精霊が集まってくるのが少し恐ろしくて……何が起こるというわけでもないとは思うのですが、二つだけでも眩しいくらいに精霊が集まるのです」

苦笑しながら答える。

精霊は美しいものが好きだ。私の魔力を込めた魔宝石なんて、それはもう愛される。とはいっても人間とは美しさの基準が違うから、彼らが何を愛するのか、魔宝石以外はいまいちわからないのだけど。

所有している魔宝石はすべて、鍵のかかる金庫にしまってある。常日頃から私の周りにはふわふわと精霊が漂っているが、金庫に集まってくる精霊の数はその比ではなかった。集まりすぎて光の境界もなくなるので、どのくらいの数集まっているのかも判別できないくらいだ。普段は蝶《ちょう》のようなのに、もはやただの光の塊になる。

ティンカーベル・クォーツの指輪は、この世界に来た初日にもらって、初日に魔力を込めた。だから指輪を置いてある場所が眩しいのは、私にとってはもはや普通の感覚だったのだ。あのころは何が普通で何がおかしいのかもわからなかったし……。

二番目に手に入れる石は、絶対にパパラチアサファイアがいいと決めていた。あんなにもベルの瞳に似ている石はないから。

一号店を手伝っていたころから給金はもらっていたので、こつこつと貯《た》めたお金で念願のパパラチアサファイアのルースを買い、わくわくしながら魔力を流して——あ、これ、今後買う石全部に魔力込めたらものすごいことになるな……とようやく悟った。二つの石が同じ部屋にあるだけで、普通の感覚、で済ませられる眩しさではなくなっていた。

精霊に愛された人間が魔力を込めると魔宝石は美しくなる、なのか、あるいは魔宝石を美しくさせる魔力を持っているからこそ精霊に愛される、なのか。昔母さんから聞いた話からすると前者だが、後者も十分ありえることだと思う。精霊についてはいまだに解き明かされていないことのほうが多い。

「精霊、というのは……眩しいものなのか？」

フェリシアンさんは興味深そうに問いかけてきた。ああそっか、説明足らずだったな。

「精霊はふわふわとした光のような姿をしています。美しいものが大好きなので、宝石、特に魔宝石の近くには集まりやすいです」

「ということは、このカフスボタンの近くにもいるのか？」

「はい。水色の精霊がいくつか……あ、今紫に変わりました。色の変わり方は不規則なのですが、一応感情のようなものがあるようなので、感情に応じて変わっているのかもしれません」

美しい魔宝石が近づいてきたときや、私の意識が向いたとき。そういうタイミングで色が変わるせいで、なんだか可愛く思えてくる。ドラゴンから、彼らが考えていることを少し教えてもらったせいもあるかもしれない。

あと夜は気を遣ってくれているのかなんなのか、光量を抑えてくれるから助かるんだよね……。おかげで眩しくて寝られないということがない。

「私の周りにはいつもいるので、普段はもうあまり気になりません。ですが、さすがに私の魔力を込めた魔宝石は……二つもあると、太陽を直視する程度の眩しさを感じます」

「……それなら、すでに魔力を込めてあるものだけ見せてもらえるか。わざわざこれから込めてもらうのも気が引ける」

「かしこまりました。それではティンカーベル・クォーツとパパラチアサファイアをお持ちいたしますね。石の説明は、本日先にしておいたほうがよろしいですか？　それとも、実物を見ながらのほうがよろしいでしょうか」

「そうだな……実物を見ながらで頼む。今日は他に何かおすすめのルースがあれば見せてくれるか？」

そう言っていただけたので、昨日買ったパパラチアサファイアを除いていくつかご紹介することにした。私の所有しているルースを見せるのなら、魔力を込めていないものはむしろ見せないほうがいいという判断だ。

フェリシアンさんがお帰りになった後、私はまだ片づけていないトレイをしげしげと眺めた。スタールビー、バイカラートルマリン、ムーンストーン、オパール……すべて、私が持っている石と同じ種類のものだった。完全に無意識に選んでいた。

……本当は私、全部見せたかったのかも。

家族にしか見せたことのない、宝物。私はどんな宝石だって好きだけど、自分のものにしたい、と感じる石はどれだってとりわけ大事だった。

そんなものを見せたいと思えるのは、それってもう、フェリシアンさんのことを友人だと感じてるってことなのかな。

「――ユリス様、先日はありがとうございました。あの猫はユリス様がおっしゃったとおり、第三王女殿下の猫でした。無事殿下のもとへお届けすることができたのは、ユリス様のご尽力があってこそです」

この前ゆっくり見られなかったキャッツアイをちゃんと見たい、とのことで、ユリス様が来店された。あのとき用意していたキャッツアイは、あれから他のお客様に見せることもせず、すべてそのまま残してあった。

ジュエリートレイやボックスに入れたキャッツアイをテーブルに並べ、改めて感謝を伝えて深々と頭を下げると、ユリス様は軽やかに笑った。

「ならよかったよ。アチェールビ伯爵、俺のことなんか言ってた？」

「……申し訳ございません、他のお客様の話はできかねます」

謝った私の様子を窺《うかが》って、「その感じなら大丈夫そうかな」とほっとしたようにうなずく。

……私、もっとポーカーフェイスを身につけたほうがいい？　申し訳なさ以外表情に出さないようにしたつもりだったんだけどな……。

ちょっとしたショックを受けているうちに、ユリス様は飄々《ひょうひょう》と続けた。

「別に知られてまずいことがあるわけじゃないんだよ。名乗りそびれたけど、まあ特にここで言う必要ないかなって思っただけで、貴族ってこと隠してるわけでもないし。店長さん……この呼び方、いい加減めんどくさくなってきたな。名前教えてくれる？」

「エマと申します」

「エマさんも、俺が貴族だって気づいてたよね？」

「はい。……差し出がましいようですが、私に敬称は必要ございません」

「ちゃんと真っ当に接したい女の子のことは、呼び捨てにしない主義なんだ」

にっこりと即答される。

……真っ当じゃない接し方をする女の子もいるような口ぶりだ。きっと本当にそうなのだろうけど、私やターニャへの態度は誠実だから、あまり考えたくないことだった。

「あと、もうちょっと態度崩していいってば」

「……失礼しました。気をつけます」

うん、と満足そうにうなずいたユリス様は、「あ」とふと表情を陰らせた。

「知られてまずいことがないっていうの、ちょっと嘘かも。できればターニャさんにはバレたくないことがある。もし今後、君が俺のことを何か聞いたとしても、ターニャさんにはなんにも言わないでほしいな」

「わかりました」

言われずとも、お客様の情報を勝手に他人に話すようなことはしない。

すぐさま真剣にうなずいた私に、けれどユリス様は少々疑わしげだった。

「すごいあっさり了承してくれるんだね……？」

「断る理由がありません。ターニャを騙《だま》そうとしているのなら話は別ですが……」

「ないない、それはない」

割と必死に首を振られたので、ですよね、と軽く相槌を打つ。

ユリス様のあの奥手な態度が演技、ということはなかなか考えづらい。彼から感じるターニャへの好意は本物……だと……思う、んだけど……。

婚約までした恋人に浮気されてフラれたことがある私に、そんなことを自信満々に言いきれるわけもないのだった。でも自信はそこそこ、なくもない。

そんな私の思考を見透かしたように、ユリス様はやけに静かに聞こえる声で言った。

「勘違いしてたら困るから言うんだけど。俺、ターニャさんのこと好きなわけじゃないからね」

あんなわかりやすい態度をしておいて!?

という言葉は呑み込んだ。代わりのように、あんなわかりやすい態度をしておいて……？　と心の中だけで繰り返す。

「……すみません。勘違いしていました」

「だと思った」

ユリス様が小さく笑う。自嘲しているようにも聞こえる笑いだった。彼はキャッツアイへと視線を落とし、ぽつぽつと続ける。

「好きじゃないよ、ほんとに。もちろん、人として好ましくは思ってるけどね。ああいうタイプ、今まで周りにいなかったから面白いし。まあ、面白いのはエマさんも一緒なんだけど……」

「面白い、でしょうか……」

初来店の日にも言われたが、自分ではぴんと来ない。

仕事一筋で、自分では割と面白味のない人間だと思うんだけど……仕事人って時点で、物珍しくて面白いんだろうか。

「そこら辺の商人と話すとさ、いかに高い物を売りつけようかって考えてるのがばればれなんだよね。いい品を揃《そろ》えてるって自負はあるんだろうけど、それにしたって、相手に寄り添うってことがほとんどない。でも君は商品一つ一つを愛してるのがわかるし、俺の反応を見て、値段とか関係なしにこっちが求めてそうなやつ出してくれるし」

流されるかと思った私の疑問に、ユリス様は丁寧に答えてくれた。

「面白いよ、君は。そうじゃなかったらこんなに何回も来てない」

力強い声で言って、彼はやわらかな笑みを浮かべた。

「……あ、ありがとうございます」

そこまでこの店を気に入ってくれているとは思っていなかったので、つい動揺してしまった。気に入ってくれているとしても、ユリス様がこんなに言葉を尽くして褒めてくれるとは思わなかった、というか……。

たじろぐ私に、ユリス様はちょっとおかしそうに笑った。

「ターニャさんも、まったく裏がなくってさぁ……なさすぎてほんとに面白い。あんまりしゃべらないけど、表情はものすっごくわかりやすいし。絶対俺のこと、なんだこいつ……としか思ってないよ、あれ」

「……」

的を射た言葉に、なんとも言えなくなってしまう。ここまで確信した口ぶりなのだし、表面上否定したところで無駄だろう。選べるのは沈黙だけだった。

私のあからさまな態度に、ユリス様はぶはっと噴き出した。

「そうだと思います、とか同意しちゃっていいよ。そのくらいで怒ったりしないし」

「……では、確実にそうだと思います」

「ふ、あはっ、確実に。だよね。もっと仲よくなりたいなぁ」

そうつぶやいた声には、なんとなくほのかな熱がこもっているような気がした。自身でもそれに気づいたのか、はっとした顔で、「好きなわけじゃないからね」と念押ししてくる。そしてやや早口で補足された。

「どうせ俺、もう婚約してるから。恋愛結婚なんて夢のまた夢なのに、誰かに恋とか不毛なことしないよ」

それはまるで――そうでなければターニャに恋をしたかった、と言っているようだった。私の勝手な解釈にすぎないけれど。

「でもレディ・サニエ……ああ、まだ婚約の段階だから、レディ・ベルナデットって呼んだほうがいっか。彼女のこと知ってるよね？　婚約指輪、ここで作ったって有名だし」

「はい、存じ上げております」

「よかった。レディ・ベルナデットみたいな、めちゃくちゃな恋愛結婚にも憧れはするよね。いくら最近は恋愛結婚も増えてきたって言ってもさー、あんなの、そう簡単にできないよ」

貴族の間で恋愛結婚が増えてきている……それは知らない情報だった。

ベルナデット様は随分前からご両親に恋愛結婚を勧められていたが、「いっそ他の家みたいに、勝手に婚約を決めてくれれば楽なのに」とぼやいていたことがある。その話を聞いた時点ではおそらく、恋愛結婚は珍しいことだったはずだ。

……いや、でも、ベルナデット様も世情に通じた方ではないからな……。彼女を判断基準にするのは間違っているかもしれない。

「恋愛結婚も増えてきているんですね……。ほとんどが政略結婚かと思っていました」

「もちろんまだまだ、政略結婚が主流だよ。でもレディ・ベルナデットの影響で、これからますます増えていくかも。彼女、変わってるけど……変わってるから、って言うべきかな。あの美しさが理由であることも間違いないけど、性別問わずの人気者だから、彼女のやることなすこと、憧れちゃう奴も多いんだよね」

「……とても魅力的な方ですものね」

思わず深くうなずいてしまう。きっと私も、貴族として生まれていたらベルナデット様に憧れただろう。それだけ強い魅力を持った方だ。自分をしっかりと持っていて、純粋で、美しくて。可愛らしいところもあって、それでいてかっこいい方。

実際は店員とお客様として出会ったから、宝石好きの同志として仲間意識を覚えてしまっているわけだけれど。

「でもうちの両親、頭固いからなぁ。流行《はや》りに流されたりはしないだろうね。今の婚約者殿から婚約破棄でもされない限り、来年には結婚ってところ」

にぱっと笑って、ユリス様は再びキャッツアイへ視線を落とした。

「そろそろ宝石の話聞かせてよ。あと、もしかしてこれってわざわざターニャさんの宝石の色と揃えてくれた？　別の色も見たいな」

「かしこまりました」

先日見せたときには、別の色も見たい、とは言わなかった。むしろ、黄緑色ばかりのキャッツアイを見て、嬉しそうに目を細めていたのに。

……したくない話を、させてしまったかも。普段とご様子が違うのはわかっていたんだから、途中で話題を変えるべきだった。

反省しながら、ご要望どおり別の色のキャッツアイもいくつか持ってくる。ユリス様はそれらをじいっと見つめながら私の話を聞き、黄色のキャッツアイのリングを購入することに決めた。

「このデザインだったら、俺がつけててもおかしくないかな」

「はい、男性でも問題なくつけられるデザインにしております」

シルバーの地金はがっつりと太めで、大ぶりな石と相まって男性の手にも映えるものだった。

……そういえばユリス様がご自身用に何かを買われるの、初めてだな。

それだけ気に入ってくださったのかもしれないと思うと嬉しいが、やっぱりターニャとお揃いの石を身につけたいんじゃ、とも感じて複雑な気持ちになる。そんな内心を悟られるわけにはいかないので、必死に平静を装った。

さっそく指輪をはめたユリス様は、それをしばらくじっと眺めた。そして気が済んだように笑って、「また来るね」と去っていった。


第三王女殿下がお選びになった首輪のデザインは、猫の邪魔になりづらく、それでいてシンプルすぎないものだった。

お預かりしたキャッツアイは、結局複数に切り分けることはせず、一つの石として楕円型のカボション・カットにすることになった。地金は金を細くロープのようにねじらせて雫《しずく》型に。そして雫の頂点を埋めるように無色・イエロー・ブラウンのメレダイヤ三つを不均等に配置する。石はぶら下がらないよう、首輪の本体部分に縫いつける。

本体部分は黒い革を使い、幾何模様のような花のような、少し不思議な印象の模様を金色の糸で施すことになった。ねじられた地金はツタのようにも見えるので、首輪の模様とよく調和する。

「……では、こちらのデザインで進めさせていただきます。出来上がりましたら連絡いたしますが、受け取りにいらっしゃるのもフェリシアンさんでしょうか？」

「ああ。連絡をもらえれば都合をつける」

「かしこまりました。二週間後にはご用意できるかと思いますので、よろしくお願いいたします」

確定した代金を受け取って、今日の本題はおしまい。この後は約束どおり、ティンカーベル・クォーツとパパラチアサファイアをお見せすることになる。

フェリシアンさんからもさっそく見たいと言われたので、テーブルの端のほうに置いていたケースを二つ、中央に持ってくる。二つ同じ場所にあると本当に精霊が眩しいけれど、どうにか目は細めないようにした。

「まずはティンカーベル・クォーツの指輪をお見せします」

宝石の美しさは永遠だ。出会ってから十五年経《た》った今でも、私のティンカーベル・クォーツはずっと美しいままである。

リングケースをぱかりと開けると、フェリシアンさんが目を瞠った。精霊を感じることができなくとも、石自体の輝きも魔力の輝きも、普通の魔宝石とは比べものにならないほど鮮やかだから当然だろう。ティンカーベル・クォーツは、決して輝きが強い宝石とは言えないのに。

フェリシアンさんはどんな解説でも楽しそうに聞いてくださるから、今日も遠慮なく話すことにする。

「ティンカーベル・クォーツは、ピンクファイヤー・クォーツとも呼びます。鮮やかなピンク色のインクルージョンが見えますか？　光がこうして当たると、うっとりするほど美しいんです。これが妖精の魔法の粉、あるいはピンク色の炎のように見えることからこの名前で呼ばれるようになりました。鉱物の正式な名称としては、コベライト・イン・クォーツと言います」

傾かせながらライトを当てる。いつ見ても惚れ惚れとする輝きだ。ライトに照らされずとも魔力の輝きははっきりと見えるが、やっぱり石本来の輝きも味わい深い。

「このティンカーベル・クォーツは、光がそれほど当たっていないときでも、インクルージョンが可愛いピンク色に見えていましたよね。魔力を込めていない通常の状態であれば、くすんだ黒やグレーのような色に見えるんです。はっとさせられるギャップの大きさも、とても可愛い石です」

フェリシアンさんはティンカーベル・クォーツを見つめながら、口元をほころばせた。

「きみの言うとおり、可愛らしい輝きだな。通常のティンカーベル・クォーツと見比べることはできるか？」

「……ご覧になったうえで、通常のティンカーベル・クォーツのことも美しいと思っていただけるのであれば」

正直なところ、あまり見比べてほしくはない。見比べたうえでそれぞれに違った魅力があると思ってくださるのならいいけれど、そうでなければ、ただの引き立て役になってしまう石がかわいそうだから。

石に感情なんてないし、美しさというのは人間が定めるものだ。かわいそう、なんて思いは私が勝手に抱いているだけで、的外れだともわかっている。それでもなるべく、すべての石を美しいと思ってもらいたいのだ。

歯切れ悪く答えた私に、フェリシアンさんは「ああ……」と何かに納得したような声を漏らした。

「きみが易々《やすやす》と魔力を込めないのは、それも理由の一つか。きみは本当に、宝石一つ一つを愛しているんだな。確実でない約束はしない主義だから、今回はこのティンカーベル・クォーツだけを楽しませてもらおう」

「……ありがとうございます」

たったこれだけで察してくださるこの方に、私は甘えていないだろうか……？

いや、言外に比べてほしくないですと言っている時点で甘えが出てしまっているんだけど。これが他のお客様だったら、ご要望に従っていただろう。

……見せているものが商品じゃないのだから、今この時間は、店員とお客様という関係性でもないのかもしれない。

知人として——友人として、話をしても、いいだろうか。

窺うように、フェリシアンさんを見つめる。少し不思議そうに、けれどまっすぐに見つめ返されて、覚悟が固まった。

「……あの。とても個人的な話をさせていただいてもよろしいでしょうか」

「ぜひ聞かせてほしい」

即座に返ってきた言葉に、ほっと安堵《あんど》する。

……ぜひ、とまで言われるとは思わなかったな。

ティンカーベル・クォーツは、私にとって大切な石だ。この石との出会いが、この世界の私の始まりだった。

大切な話を、ずっと胸に秘めておきたい人と、誰かに共有したい人がいると思う。私は後者なのだけど、このティンカーベル・クォーツについて誰かに語ったことはなかった。アナベルにすら、である。

いや、アナベルだからこそ、かもしれない。どうしても私たちが本当の姉妹でないことにふれてしまうから。

血の繋がりがないことを、彼女にあえて話したことはない。けれどわかっているに違いなかった。家族の中で私一人だけ、顔立ちが明らかに違うのだから。

それでもできるだけ、意識してほしくないことだった。

そしてアナベルに話せないとなると、私が個人的に話せる相手というのはそういないのだ。ターニャと話しているときにそんなことを話す流れにはならないし……。

だから今、話していいと言われて、嬉しいのに少し緊張している。

どう話そう、どんな言葉で表そうか。話したいと思うのは、私がフェリシアンさんのことを友人だと思えている証だろう。話したら、それが間違いなく伝わる。

そういう話を、今から私はしようとしているのだ。

小さく息を吐いて、私はゆっくりと口を開いた。

「……ティンカーベル・クォーツ、ピンクファイヤー・クォーツ、コベライト・イン・クォーツ」

石の呼び名を、静かに並び立てる。

「どれもきっと、今までに聞いたことがない名前だと思います」

「そうだな。初めて聞いたよ」

「有名な石ではなく、ジュエリーに使われることもほとんどありません。ですがこの指輪は、両親が営む一号店に、商品として置いてあったんです。今から十五年ほど前のことです。夢のようにきらきらとしたショーウィンドウの中で、この指輪が一際輝いていました。……本当に、とても美しかったんです」

そのことを、運命のようにも、奇跡のようにも思う。

とにかく私にとって、本当に幸運なことだった。あの輝きに魅入られなければ、私は今ここにいないのだ。

「見惚れていたら、母――その時点では母ではなかった女性に、声をかけられました。中にいらっしゃい、って。優しく手を引いて、お店の中に入れてくれました。『どの宝石が一番好き？』なんて、すごく難しい質問をされて……ふふ、困ったんですけど、私はこのティンカーベル・クォーツを選びました」

相槌もなく、静かに……けれど確かに聞いてくださっているとわかるこの空間が、心地いい。

「そうして話しているうちに、私が精霊に愛されていることがわかって、うちの子にならないかって言われて。……私、身寄りがなかったんです。悲しい過去はないので、ただの事実として聞いてくださいね」

身寄りのない子どもに、悲しい過去がないわけがない。でも私にとって、この世界に悲しい過去なんて一切ないから。これは嘘じゃないのだ。

いきなりこんな話、相手がフェリシアンさんでなかったらできなかっただろう。確実に反応に困らせる話だ。だけどフェリシアンさんは、訝《いぶか》しむ様子も同情する様子も見せずに、優しい顔でこくりとうなずいてくれた。

私の言葉をまっすぐにそのまま受け止めてくれている。そういう方だと……これまでのお付き合いで、確信できていた。だから話すことに決めたのだけど、本当に予想どおりで、なんだか笑ってしまいそうになった。

心に春風が吹いたような穏やかな気持ちで、「ありがとうございます」と感謝を伝える。

「……その後、父にも会いにいきました。このティンカーベル・クォーツの指輪はそのとき、父からもらったものです。もらってすぐに魔力を流して、私の魔力がどれだけ魔宝石を美しくするのか知りました。父は、この力があるから私を養子に迎えたいけど、私を利用する気はないとはっきり言ってくれました。この輝きを見ただけで、もう人生に悔いはないって」

ありえない仮定だけど、もしも両親がお金のために商売をしているような人だったら、どうなっていただろう。

絶望的な状況には変わりないから、きっと養子になることを承諾して、そして促されるまま、いろんな魔宝石に魔力を込めたかもしれない。

そうじゃなくて。

——宝石を純粋に愛している人たちで、本当によかった。

「だから私は、二人の養子になることを決めました。私はどんな石も愛していますし、それぞれの個性を美しく思いますが、このティンカーベル・クォーツ以上に綺麗《きれい》なものを知りません。大好きな家族との縁を結んでくれたものなので、なおさら美しく感じるんです。誰かに自慢したいな、と思っていたんですが、なかなか見せる機会も話せる機会もなく……ごめんなさい、急にこんな話」

おそらく、思っていた以上に個人的な話で驚かせてしまっただろう。謝る必要はないと言われるとわかっていても、つい謝罪が口から飛び出る。

「聞きたいと言ったのは私なんだから、謝らないでくれ」

案の定そう言ってから、フェリシアンさんはふわりと穏やかに笑った。

「……嬉しいものだな。きみの話を聞けるのは」

きみの話、というのはきっと、仕事も何も関係のない個人的な話、という意味だろう。アナベルのことを話題に出すことはあったけれど、話の流れで出すだけで、積極的に話していたわけでもなかった。

フェリシアンさんもやっぱり、こういう個人的な話ができていないことを気にしていたんだろうか。もっと早く話せばよかった。……でも、今じゃなきゃできなかった、とも思う。

フェリシアンさんは、ティンカーベル・クォーツを眩しそうに見下ろした。

「話してくれてありがとう。このティンカーベル・クォーツが、ますます美しく見える」

「それは……本当に、嬉しいです。こちらこそ、聞いてくださってありがとうございます。フェリシアンさんにお話しすることができてよかったです」

そこでようやく緊張が解けて、私は小さく息を吐いた。鼻歌でも歌いたいくらいに軽やかな気持ちだった。

……大切な話を、信頼できる誰かに知ってもらえるのって嬉しい。

私の周りをふわふわきらきらしている精霊も、どこか嬉しそうに、空中でステップでも踏むような動きをしていた。私と一緒にいられて嬉しいという彼らは、私が嬉しいときも喜んでくれるのかもしれない。そう思うと、すごく愛しく感じた。

ふ、とフェリシアンさんが笑みをこぼした。

「フェリシアンさんと呼ぶのも随分と慣れてくれたな」

「……初めてお会いしてから、もう随分と経ちましたから」

なんとなく気恥ずかしくて、随分と、とあえて同じ表現を使って返す。

フェリシアンさんの初来店から、四か月ちょっと。週に一、二度は必ず来てくださるのだから、慣れないわけがない。

「呼び捨てでも構わないが」

冗談めかした様子で言われたので、同じく冗談っぽくお断りする。

「さすがに恐れ多いです」

「フェリスでもいい」

「ふっ、ふふ、なぜさらに難易度を上げるんですか？」

思わず笑ってしまうと、「冗談だ」とフェリシアンさんもくすりと笑った。

フェリス……いや、さすがに呼べるわけがない。心の中で試してみたが、それだけで落ち着かない気持ちになった。

「だがいつだって、呼びたいと思えば呼んでくれ」

「……フェリシアンさんを愛称で呼ぶ方は、この世に何人いらっしゃるんですか？」

「常に呼ぶのは第二王子と両親で、あとはセリィがたまにフェリスお兄様と呼んでくれるだけだな」

「そ、そんな貴重な権利を私に……」

そこまで特別な友人として扱っていただけるのは、やっぱり恐れ多い。けど……もう私にとっても、フェリシアンさんは特別な友人だ。フェリシアンさんが受け止めてくれたように、私も彼からの友情をまっすぐ受け止められるようになりたいな。

「それだけ私は、きみのことを尊敬しているんだよ」

惜しげもなく向けられた言葉がくすぐったい。

また笑ってしまいそうになるのを我慢して、私も権利を差し出すことにする。

「では私のことも、エミーと。呼びたいときには、どうか呼んでくださいね」

「……本当に呼んでしまうがいいのか？」

「うっ……あー、うぅん……い、一旦保留でお願いします。すみません、勇気を出しすぎました」

呼ばれるところを想像してみたら、ちょっとだめだった。恥ずかしすぎる。まだ無理だ。流れで言うんじゃなくて、ちゃんと想像してから言えばよかった……。

ばつの悪い顔で謝ると、フェリシアンさんはおかしそうに笑った。

「いずれ、きみがいいと思ったときに、また言ってくれ」

「……善処します」

遠回しなお断りではなく、これは本当の意味での善処である。私だって、同じものを返したいのだ。犬が苦手だと教えてくれたときのフェリシアンさんも、こんな気持ちだったんだろうか。

……そろそろパパラチアサファイアを、とも思うけど、この流れならあっちのほうがいいかも。

「私も尊敬と信頼を込めて、とあるプレゼントをしたいのですが、受け取っていただけますか？」

少し重いプレゼントかもしれないが、そもそも身の上話の時点で重かったのだから今更だ。

「……きみが、私に贈り物を？」

フェリシアンさんはきょとんと目を瞬いた。

それにうなずいて、「少し失礼します」と断ってから、もう一つケースを取ってくる。そのケースに収められているのは、私個人が持っているキャッツアイのルースだ。

「このキャッツアイは私が個人的に所有していたものです。石自体のクオリティはそれほど高くありませんが、私の魔力を込めてあります」

ふわふわふわ……とこちらにも精霊が集まっている。うんうん、綺麗だよね、このキャッツアイ。元から美しかったけど、私の魔力によって、石本来の輝きも石から漏れ出る魔力の輝きも、とても強まっている。通常のキャッツアイの魔力に見られるような気まぐれな動きはなりを潜め、凛《りん》としたお行儀のよい猫ちゃんのようだった。

「猫の目のような光がうねっているのも少し眠たげに見えてとても可愛いですし、インクルージョンやヒビの入り方も個性的で、半透明のくすんだ緑色も相まって、魔女が暮らす森のような、不思議な雰囲気がして好きなんです」

魔女はこの世界のおとぎ話にも出てくるし、なんとなく伝わるだろう。本当にとても可愛いのだが、ジュエリーショップでこんなクオリティのものを扱うことはない。私は宝石市でたまたま出会って、一目惚れをしたくらいには好きなんだけど……。

私の話を静かに聞いていたフェリシアンさんはキャッツアイを見つめ、それから少し戸惑ったように視線を上げた。

「……その好きな宝石を、なぜ私にくれるんだ？　魔力を込めてまで」

「普段からお世話になっているお礼をさせていただきたいんです。フェリシアンさんやセレスティーヌ様のおかげで、貴族の方からのご予約が絶えないので……」

「初めのころは確かに私たちの力もあったかもしれないが、今はもうこの店の実力だろう」

「だとしても、感謝を形にしたいんです。それにこのごろ、キャッツアイが少し気になっているように見えましたから」

おそらく、第三王女殿下の注文に影響されたのだろう。もしかして、と思って先日いくつかジュエリー（ユリス様に見せたものとはまた別のものを少数）を見せたのだが、いつもより反応がよかった。

そのときは結局ぴんと来るものがなかったのか、購入はされなかった。同じ種類の石を間を空けず見るのもつまらないかと思って、それからキャッツアイは見せていなかったのだけど……それなら、私が持っているものを差し上げたいな、と思ったのだ。

「……あ。も、もちろん、このキャッツアイが気に入らない場合には持ち帰ります！」

慌てて補足する。

好みも確認せずにプレゼントなんて、あまりにも自己満足すぎる自覚はあった。フェリシアンさんのことだから無理にでも受け取ってくださるだろうけど、もちろん無理はさせたくない。

お礼を言われたとしても、それが本心かどうかちゃんと判別しないと……！

「――気に入らないわけがない。どうか受け取らせてくれ」

……判別のため、気合を入れてじっと見ていたからこそ、眩しさに目が焼かれるかと思った。精霊の眩しさではなく、フェリシアンさんの微笑みの眩しさに。

人の笑顔が精霊や魔宝石より眩しいことってある!?　――あるからこんなことになっているのである。言葉も胸も詰まってしまって、ケースをすっ……とフェリシアンさん側に押し出すことしかできなかった。

「ありがとう。誰にも見られないほうがいいだろうし、自室に大切にしまっておこう」

「セ、セレスティーヌ様にお見せするのは問題ありません。他の方には確かに見せないほうがいいでしょうが……」

「わかった。ではお言葉に甘えて、セリィには自慢させてもらう」

ただ見せるのではなく、自慢。この方も自慢とかするんだ……。

セレスティーヌ様もそれに対して素直に羨ましがったりするんだろうか。微笑ましい光景を想像して、小さく笑う。

「セレスティーヌ様によろしくお伝えください。……では、次はパパラチアサファイアをお見せしますね！」

なんとなく気恥ずかしくなってしまって、急いで次の話題に移ることにした。

「パパラチアサファイアは、最も美しいサファイアと言われています。希少性も高く、世界三大希少石に数えられるほどです。特徴的なのはこの色味でして……」

パパラチアサファイアのルースが入ったケースをフェリシアンさんのほうへ向ける。

私はジュエリーも好きだけど、自分で持つ分にはルースのほうが好きだ。その石の美しさをより楽しめると思うし、他にどんな石を組み合わせ、どんなデザインのジュエリーにするか、想像を膨らませるのも楽しいから。ティンカーベル・クォーツ以外はすべてルースで持っている。

「ピンクとオレンジの中間のような絶妙な色が、パパラチアサファイア最大の魅力です。ピンクかオレンジ、どちらかの色が強ければ、それはもうパパラチアサファイアではなく、ピンクサファイア、オレンジサファイアとして鑑別されます」

「パパラチア、というのも、何か色を表す言葉なのか？」

フェリシアンさんは興味深そうに石を覗き込む。

「蓮《はす》の花を意味する言葉です。王都付近ではあまり見かけない花ですが、ご覧になったことはありますか？」

「ああ、一度だけだが」

「でしたら少し想像しやすいかもしれませんね。名づけの由来はそのまま、蓮の花の色に似ているため……なんですが、私にとってはもっと身近な色に似ているんです。これもまた、非常に個人的な話で申し訳ないのですが……」

口ごもる私に、フェリシアンさんは「話してくれ」と言ってくれた。なんとなく面白がっているようにも見えるから、私がこんな言い方をする、というところからもう予想がついているのかもしれない。

こほんと小さく咳払いをする。

「……私の妹の瞳の色に似ているんです」

フェリシアンさんはくつりと喉の奥で笑って、目線で続きを促してきた。予想どおりだったのだろう。照れくささはあったが、私は開き直って続けた。

「もう一目でこれしかないと思うほど似ていました。それなのに、魔力を込めたらさらに妹の瞳に近づいてくれて……！　どこか温かみのある可憐《かれん》な輝きが、本当に妹の瞳そっくりなんです」

「妹君にもいつか会ってみたいものだ」

「ふふ、近々機会もあるかと思います。この店で働いてくれる予定なので」

「それは楽しみだな」

微笑んだフェリシアンさんに、私もにここと微笑み返す。

「ええ、ぜひとも楽しみにしていてください！　妹もフェリシアンさんにお会いしてみたいと……」

そこで、はたと言葉を止めてしまった。

……ベルの好みのタイプは？　私を大事にしてくれる人、である。

フェリシアンさんならアナベルのことも大事にしてくれるだろうし、完璧に当てはまってしまう。

うか。
それでこの美しさとなると……フェリシアンさんに恋をしてしまう可能性も、あるんじゃないだろ
それはなんというか……結構複雑だった。可愛い可愛いアナベルが取られてしまうようで寂しい
し……ペラン自身が望んでいないとはいっても、やっぱり長年の片想《かたおも》いが報われてほしいと思って
しまうし……。それになんだか、うまく説明はできないけど、何かがもやっとする。
単なる可能性の話なのに、一瞬でいろんな気持ちが胸の中をめちゃくちゃにしていった。
「どうかしたか？」
「……いえ」
あなたが妹の初恋を奪ってしまわないか懸念しています、なんて正直に言えるわけがなかった。
まあ、まだ起きてもいないことに怯《おび》えても仕方がない。万が一本当にそうなったとしても、ペラ
ンは気にせずにアナベルを見守るだろうし、アナベルはきっと素敵な恋の経験ができる。悪いこと
なんて一つもない。
そう考えれば、言いかけていた言葉の続きを口にすることができた。
「妹もフェリシアンさんにお会いしてみたいと言っていました。とても可愛くて優しくていい子な
ので、よろしくお願いします」
「ああ、こちらこそ。……私のことを話してくれていたんだな」
嬉しそうにされてしまって、少し心が痛む。うっかり口を滑らせなければ、きっと話すことはな
かった。でもこうして友人になれたんだし、遅かれ早かれベルには話していただろうから、あえて

言う必要はないよね……！

それでも念のため謝っておく。

「か、勝手にすみません。どんな方かということや、妹がいらっしゃるということを話しただけで、おかしなことは話していないので！」

「咎《とが》めているわけじゃない。むしろ嬉しいんだ」

「……そう言っていただけると、私も嬉しいです」

いたたまれない気持ちはあるが、嬉しいのも事実だった。大切な話を共有できて、友人だと思っていると伝えることができて、本当によかった。

へへ、と笑ってしまってから、いつの間にか随分と時間が経ってしまっていたことに気づく。

「話し込んでしまってすみません。お時間は大丈夫ですか？」

「ああ、今日のために仕事は片づけてきたからな。丸一日休みなんだ」

「えっ、あ、ありがとうございます」

首輪についてのやりとりくらいだと、フェリシアンさんにとっては仕事じゃないらしい。帰ったら第三王女殿下にデザイン案を渡しにいくのだろうけど、この様子ならある程度遅くなっても問題なさそうだ。

「それでしたら、他のルースも見ていかれますか？」

「そうだな、そうさせてもらおう。先ほどパパラチアサファイアを世界三大希少石の一つと言っていたが、他の二つは何なんだ？」

「アレキサンドライトとパライバトルマリンです！　すぐにお持ちいたしますね」

張り切って宝石を準備する私を、フェリシアンさんは温かい目で見つめていた。

◆　◆　◆

エマという人間は、ターニャにとってどこまでも心の許せる友人だった。そろそろ三年ほどの付き合いになる。

ただの雇い主の一人にすぎなかった彼女を、いったいいつからそれほど大切に思うようになったのか。そう考えたときに思い浮かぶのは、出会った日のことだった。


「あなたがターニャさんですか？　本日はよろしくお願いします」

エマはそう言って微笑み、手を差し出してきた。

ターニャとは違う、白く細い手。けれどよくわからないたこがあったり、傷痕があったりした。たぶん、何かの職人の手だ。

意図がわからなくてただ見つめていると、彼女は「握手って……しませんか？」と少し恥ずかしそうに手を引っ込めた。

「すみません、傭兵の方に護衛をお願いするのは今日が初めてで」

「……するときもある」

気づいたらそう嘘をついて、エマの手を握っていた。そのやわらかさはやはり、自分とは違うな、と感じた。

馬車を置いてあるところまで共に向かいながら、エマは今日の目的を話してくれた。今日は特殊な宝石を採りにいくのだという。

「まだ見習いみたいなものなんですけど、一応宝石に関わる仕事をしているんです。ええっと、宝石職人……と言うには、加工ができないのは致命的だし……。ジュエリーデザイナーとか鑑定士だと、範囲が狭すぎるし……」

別に身分なんてどうでもよかったが、彼女ははっきりさせたかったらしい。少しの間うんうん悩んで、何かを思いついた顔をした。

「――宝石商、が一番いいのかもしれません。ちょっと広い意味で、になりますけど」

宝石商。耳慣れない職業はやっぱりどうでもよくて、ターニャはただこくりとうなずいた。それでもエマは、なんだか少し満足そうにしていた。

採りにいくのはキャッツアイという宝石。猫の目のような宝石なのだと、彼女は馬車に乗り込みながら楽しそうに話した。目的地は王都から南東に進んだところにある崖だ。風見猫《かざみねこ》が多く生息している場所で、キャッツアイを採るにはそれが重要らしい。

馬車に乗ってからはしばらく無言だったが、やがて沈黙に飽きたのか、エマはキャビンから身を乗り出して話しかけてきた。

「ターニャさんは」

「ターニャでいい。敬語もいらない」

「……ターニャは、宝石を見たことある？」

うなずく。貴族がつけているものを何度か見たことがあった。

ターニャの答えに、エマは口元を緩めた。

「よかった。それじゃあ……宝石、好き？」

――そういえば、あたしは『好き』なものがあるのか？

問われてから初めて考えた。宝石は好きじゃない。そもそもそんなに知らない。知らないものを好きにはなれない。しかし知っているものなら、好きと思えるものもあるのではないか。

しばらく考えたが、思いつかなかった。『嫌い』ならわかる。掟《おきて》だらけの面倒な部族、窮屈な家、道具としか見てこない家族、あと野菜。嫌いなものから逃げ出して独り立ちした今、それなりに穏やかに暮らせている。それでも好きなものはなかった。

自分の中で結論が出たことに満足して返事を忘れていたら、「宝石、好きじゃない？」と控えめに訊かれた。もうだいぶ時間が経っていたのに、ここまでは何も言わずに待っていたのか、と少し驚いた。

「……宝石なんて、ただのキラキラした石ころだろ」

きらきらしていて眩しかったが、それだけだ。

エマは目を見開いて、それからぱくぱくと口を動かした。音も何も出なかった。ターニャの言葉が正しすぎて、何も言い返せないのかもしれない。

それならそれで静かでいいな、と思っていたら、ようやく声が出てくる。

「ちがっ……ちがわ、ないかも……しれないけど……人によってはそうかもしれないけど」

うぅ、とうめいて、エマは眉を下げた。

「ただのキラキラした石ころでも、それで救われる人がいるくらい、綺麗なのに」

綺麗。何を示しているのか一瞬わからなかったが、きらきらして眩しいのが綺麗ということなのか、と納得した。単語も概念も知っていたはずなのに、うまく結びついていなかった。

あれは、綺麗と言えばよかったのか。

「ごめんなさい、好きって言ってもらえる前提で質問しちゃってたみたい。綺麗とも何とも感じない人だっているのはわかってたのに……」

「綺麗だった」

「……綺麗だった？　ええっと、見たことある宝石がってこと？」

うなずくと、エマの顔がぱっと明るくなった。

「綺麗だと思ったんだ！　それならきっと、好きにもなれるよ。好きになりたいって、いつか思ってくれたら嬉しいな」

なぜエマが嬉しいのかはわからなかったが、なんとなく、悪くない気持ちになった。

途中で休憩を挟みつつ（彼女の妹が作ったのだという弁当を一緒に食べた）、ほどなくして崖に着いた。風が強くて、目を細める。風見猫がこの崖に多く住み着いているのは、ここで発生する風が好物だからだった。

「ではこれから、その……風見猫の、便を。探します」

「……？」

「キャッツアイは普通の採掘でも採れるんだけど、風見猫の便の中から採れることもあるんだ。しかも、体内でうまいこと研磨されてるのか、綺麗にまんまるな状態でね。イメージの問題で、普通に採ったときよりも宝石としての価値は低いんだけど……経験として、採ってみたいなって思って。便探しは私がやるから、ターニャは哨戒《しょうかい》をお願いね」

何もよくわからなかったが、あとは護衛の役目を果たすだけだ。

辺りを警戒しながらエマについて回る。なぜか魔物は襲ってこなかった。風見猫は当然見かけるが、のんびりと過ごしている。腹を出して寝ているものまでいた。

この辺りには前も来たことがあったが、風見猫たちはこれほど呑気にはしていなかった。害があると判断されたら襲いかかってくることもあったくらいなのに、いったいどうしたのだろうか。

「――あっ、あった！」

便を見つけるたびに水魔法で洗い流していたエマが、弾んだ声を上げた。

丁寧に丁寧に水で洗って、ころんとした丸いものを布で包む。気になって覗き込むと、にっこりと笑って見せてきた。

「トルマリン・キャッツアイだよ。光の筋が入ってて、猫の目みたいで可愛いでしょう？」

くすんだピンク色の中心に、白い筋が入っている。変な輝き方をする石だった。魔力の流れも、なんだか猫っぽい。

視線を移して、近くにいた風見猫の目を見てみる。確かに似ている。

「体内で魔宝石を作る魔物は他にもいるけど、キャッツアイを作れるのは風見猫だけなんだよね。普通のキャッツアイよりも魔力の容量が大きいから、ジュエリーよりは魔道具向き。これは魔道具職人さんに買ってもらうことになるかなぁ」

そんな説明をしつつも、それは独り言のようだった。押しつけるような雰囲気はなく、聞きたかったら聞いてね、というくらいの。

エマは石についた水気を拭くと、持ってきていたケースにそれをしまった。

「うん、満足した。付き合ってくれてありがとう、ターニャ。暗くなる前に帰りたいし、そろそろ帰ろうか」

たったこれだけで満足したらしい。もう帰るのか、と思ったが、雇い主には速やかに従う。

結局王都に帰るまで、魔物に襲われることはなかった。珍しいこともあるものだ。楽でいい。

町の入り口で別れようとしたのだが、エマが「時間があるならついてきてくれる？」と言ってきた。この後は宿屋に戻るだけなので、まあいいかとついていくことにした。

エマがターニャを連れていったのは、宝石を売っている店だった。きらびやかで、目がつぶれそうだと感じた。

中に入っていいと言われたが、居心地が悪いので断って、店の外で待つ。少しして、エマが何かを持って出てきた。

「これ、よかったら受け取って。今日のお礼に」

紐《ひも》の先に、黄緑色の丸い石がついている。おそらく首から下げるものだ。先ほどの石とは違うが、真ん中に光の筋は入っている。色違いかもしれない。

「風見猫から採ったんじゃなくて、採掘したやつだよ。それ以外にもさっきの石とちょっと違って、クリソベリルキャッツアイって言うの。難しい名前だよね」

「……代金はもうもらってる」

「増える分には問題ないでしょう？」

値切られることはあっても、その逆は初めてだった。それに、装身具をもらうのも。雇い主がおまけでくれるのは、普通せいぜい食料くらいだ。

「私が首にかけてもいい？」

迷った末、無言で頭を下げてやると、エマはすぐにターニャの首にそれをかけた。

胸元で光るなんとかキャッツアイを、思わずまじまじと見つめる。

なぜこれが、自分の首にかかっているのだろう。エマがかけたところは見ていたはずなのに、不思議な気持ちになった。

「やっぱり似合ってる」

「……似合ってる？」

「うん、とっても」

訝るターニャに、エマは「本当に似合ってるって」と少し困った顔をした。

彼女の目に、今の自分はどんなふうに映っているのだろうか。

「……こんなもの。あたしが、なんで」

「もうターニャのものだから、売ってもいいよ。お金にしたいなら買い取ってあげる」

何を言いたいのか自分でもわからなかったつぶやきに、エマは淡々と告げた。もらいかけたものを返すだけなのに、そうしたらエマが金を支払うというのか。理屈がさっぱりわからなかった。

──何したいんだ、こいつ。

今に至るまでは、それなりにいい雇い主だったと感じていた。今後も護衛依頼があれば受けたい、とも。けれど今は、なぜか少しだけ恐ろしい気がした。

探るようにじっと見つめる。エマはターニャの視線に怯《ひる》む様子もなく、言葉を続けた。

「でも、ほんの少しでも綺麗だって思ったら、持っていてほしいな」

綺麗。確かに、綺麗だ。

きらきら、というわけではないが、綺麗だった。眩しくて、どうしたらいいのかわからなくなる。

「……だめだ」

吐き出すように声がこぼれた。

こんなもの、自分には似合わない。もっと──たとえば、エマのような。そういう人間がつけたほうがいいものだ。

返そうと紐に手をかけて顔を上げると、優しく微笑むエマと目が合った。

「宝石って、誰が好きになってもいいんだよ」

なんだそれは、と思った。

ターニャの言葉への返答になっていない。意味がわからなかった。

どう反応すべきか悩んで、ターニャは再びキャッツアイに視線を落とした。これは、誰が好きになってもいいもの。

――あたしも好きになっていいもの？

貴族でもないし、可愛らしい女の子というわけでもないのに。

「……キャッツアイは守護の力を持ってる。魔道具にすれば、魔物の攻撃とかも弾《はじ》けるようになるんだ。実用的で、傭兵業の役に立つかも。ジュエリーじゃなくて、防具って思えば……『だめ』じゃないんじゃないかな」

そこまで言い切ってから、エマは今更不安そうに謝ってきた。

「よ、余計なお世話だったらごめん」

「……ううん。これ、もらう」

ぎゅ、と石を片手で握る。

魔道具への加工は、持ち込む品が魔宝石であればかなり安く済むはずだった。ここ最近の護衛料でまかなえるだろう。

「ありがとう、エマ」

礼を伝えると、エマは目を丸くした。

けれどすぐに嬉しそうに笑った。

「どういたしまして、ターニャ」

あれから、好きなものが増えた。エマ、宝石、猫、あと甘いもの。他にもたくさん。今日もターニャの胸元には、美しいクリソベリルキャッツアイが揺れている。

5 フラワールチルの祝福

首輪の納品も無事終わり、ペランに特別手当を出すこともできた。その手当で何かルースを買いたいということで、今日のペランはお客様として来ている。

奥の小部屋のテーブルにずらりと並べられたルースを前にして、ペランはうめき声を上げた。

「……全っ然、決めらんねぇ……」

「あはは、午前中は予約のお客様もいないし、ゆっくり見ていいからね」

途方に暮れるペランに、私は笑って声をかけた。

店頭に置いてあるのはジュエリーだけだが、この店はルースも数多く取《と》り揃《そろ》えている。ルースが欲しい、というぼんやりとした気持ちでは、それはもう目移りしてしまうことだろう。人生初のルースなのだから、慎重に選んでほしかった。

顎に手を当てて考え込んだペランは、ちらりと視線を上げて私を見た。

「……エマのおすすめは？」

「全部」

「今日の俺は客なんだけど」

「ふふ、ごめん。私のおすすめは、やっぱりここら辺のパパラチアサファイアだな」

そう言いながら指を差しただけで、ペランは私が勧めた理由を察したらしかった。ぐっと少し眉根を寄せて、ルースと私を見比べる。

「……これ、俺が持ってたらちょっと気持ち悪くないか？」

「そうかも」

「おい」

「ごめんごめん、冗談だよ。気持ち悪くなんてないし、ベルだってそう言うと思う」

笑って謝ってから、一緒になってルースを見下ろす。

予算しか聞いていないので、本当に雑多なルースを並べてある。

私はもうこれを見ているだけでわくわくするけど、ペランはどうだろうか。欲しい石が見つからなくても、この時間を楽しんでくれたらいいな。

「……ノエルさんにもおすすめ訊《き》いたんだけどさ」

「おお、なんて言ってた？」

「ノエルさんもパパラチアサファイアだって」

ぶはっと噴き出してしまった。店のほうに聞こえるかもしれないから、声を上げて大笑いしたくなるのはなんとかこらえる。今他にお客様はいないけど、気をつけるに越したことはない。

ノエルさんも、そりゃあペランの気持ち気づいてるよね……。そのうえでこの石をおすすめするって、なんというかちょっと茶目《ちゃめ》っ気《け》を感じられておかしい。絶対私と同じで、ペランはこの石を選ばないってわかってるのに。

「ふふふっ……まあ、あくまでおすすめはおすすめってだけだからね。好きなの選んでよ」

「……そもそも、あいつっぽい石ならこういうのじゃねぇの」

ペランが仏頂面で指差したのは、小さなパイロープガーネットだった。炎という意味の名前を持つ、ルビーよりももっと濃い真紅の宝石。燃える炎のような色味は、気品や凛《りん》とした力強さを感じさせることが多いだろう。

これがペランにとっては、ベルっぽいんだ。

少し意外で、パイロープガーネットと頭の中のアナベルを何度も比べてしまう。もちろん似合わないわけはないけど、彼女本人のイメージとは違う。

……私に見えてるベルとペランに見えてるベルって、もしかして結構違う？

「じゃあ、その石にする？」

「あいつっぽいやつを買いにきたんじゃねーよ……」

「んー、そっか。何色の石がいい、とか、どういう力のある石がいいとかもないの？」

「やっぱそれくらい決めてくるべきだった？」

「ううん。決めてきたところで、ぴんと来る石があったらどうせそれが欲しくなるだろうし……こういうのは巡り合わせだから」

「ぴんと来る石、なぁ……」

「今この瞬間、これ！　って思う石がないんだったら、無理して買わないほうがいいと思うよ。買うことを目的にはしないでね」

本当に気に入った石だけを買ってほしいから、釘《くぎ》を刺しておく。

お客様の中にもたまにいらっしゃるのだ。宝石そのものじゃなくて、宝石を買うことがお好きなんだろうな、と感じる方が。

別にそれはまったく悪いことじゃない。私と彼らでは楽しみ方が違うだけだ。

けれどペランはうちの従業員だし、友人だ。できれば純粋に、自然に石を愛してほしいし、そういうふうに愛せる石だけを手元に置いてほしいな、と思う。

ペランは私の言葉にうなずきつつ、難しい顔でルースたちとのにらめっこを続行した。

その姿をしばらく眺めていると、ドアベルの音がした。いらっしゃいませ、というノエルさんの声も。このままノエルさんが対応してくれるだろうけど、一応私も行っておこう。

「しばらく見てて。私は向こうの対応してくるから」

ああ、というペランの返事を聞きつつ部屋を出る。

さて、どんなお客様がいらっしゃったかな……と店先を確認すると、そこにはソフィちゃんの姿があった。

以前お母様のためにと、ピンクトルマリンのペンダントを買ってくれたあの少女である。こうして来店してくれたのはあのとき以来だった。店の前を通りかかるたび、ちらちら中を覗《のぞ》いてくれてはいたんだけど。

「いらっしゃいませ、ソフィ様」

微笑《ほほえ》みかければ、少し不安そうだったソフィちゃんの顔がぱっと明るくなった。ノエルさんは私が相手をしたほうがいいと判断したのか、少し端に寄って控える。

「エマさん、こんにちは！　覚えててくれたんですね。あの、今日は……妹のためのプレゼントが欲しくて。いろいろ見ても大丈夫ですか？」

「ええ、もちろんです」

健気《けなげ》な様子にほっこりとしながらうなずくと、ソフィちゃんは安心したようにアクセサリーを見始めた。

ソフィちゃんの妹さんも、宝石を好きになってくれたら嬉《うれ》しいな。

……けど、ソフィちゃんの妹となると何歳だろう？　歳《とし》がそう離れていなければいいけど、小さい場合には誤嚥《ごえん》が怖い。ベルはいろんなものを口に入れる子だったから大変だったんだよね……。

しみじみ思い返しながら、私はソフィちゃんにそっと声をかけた。

「すみません、妹様は何歳ですか？」

「この前生まれたんです！」

頬《ほお》を染めて、嬉しそうにはにかむソフィちゃん。

ち、小さいどころの話じゃなかった……。確認しておいてよかったな。

まずはにっこりと祝福する。

「お姉さんになったんですね。おめでとうございます」

「ありがとうございます！　すごい可愛《かわい》いから、可愛い宝石をあげたくて……」

「妹って本当に可愛いものですよ。私も妹がいるんですが、生まれたときから今まで、もうずーっと可愛いんです」

「わぁ、お姉さん仲間ですね！」

「ふふ、そうですね、お姉さん仲間です」

和やかにお話をしてから、ふっと真面目な顔を作って声を潜める。

「もしかしたら赤ちゃんは、宝石を間違えて呑《の》み込《こ》んでしまうかもしれません。買ったとしても、ソフィ様くらいの年齢になるまで、手の届かないところに置いておいてくださいね。お姉さん仲間の私と約束していただけますか？」

「や、約束します!!」

ソフィちゃんも私と同じような顔になって、こくこくとうなずいた。いい子すぎて頭を撫《な》でたくなってしまったけど、ここは我慢。帰ったらベルの頭撫でさせてもらおうかな……。

なんてことを考えつつ、ふむ、と口元に手を当てる。

せっかくだし、セミオーダーなんてどうかな。セミオーダーというのは、既製品のデザインをベースに、素材やルースを好きに選んでもらう注文方法だ。

既製品の在庫を一つ作る分の力をこっちに回してもらえれば、急ぎ目に仕上げられるだろう。シャンタルも快諾してくれるはずだ。

「ソフィ様。よろしければ、なんですが……ここにあるアクセサリーだけでなく、いろんな宝石を見てみませんか？」

「……ここにあるのだけじゃなくて？」

ぱち、とソフィちゃんは大きな目を瞬かせた。

セミオーダーという注文方法の話をしたら、ソフィちゃんは勢いよく食いついた。出産祝いということで、既製品と同じお値段で大丈夫ですよ、と言ったら申し訳なさそうにしていたけれど。

ソフィちゃんには応接室で待っていてもらい、ペランのいる小部屋へと急ぐ。

「ペランごめん、ちょっとごそごそするけど気にしないでね」

「なんか手伝うことある？」

「ありがとう、でも休日なんだから仕事はしないの！」

はぁい、と間延びした声が返ってきた。

私は棚の中から、魔宝石ではない通常の宝石のルースが詰まった箱をいくつか取り出した。ルースは大抵、この部屋にしまってある。

ペランに見せているルースはすべて魔宝石。けれど魔宝石は通常の宝石より値が張るし、何より貴族でない場合魔力がなく、魔力の輝きも見えないことのほうが多い。妹さんが魔力持ちかはわからないし、ソフィちゃんに見せるならこっちだ。

ソフィちゃんはちょこんと座って、置かれたジュースとクッキーにも手をつけずに待っててくれていた。私が持ってきた箱を不思議そうに見て、それがテーブルに置かれてルースが見えるようになった途端、キラキラと目を輝かせた。

「すごい……！　こんなにあるんですね！　これ、小さく書いてる数字が値段ですか？　数字なら読めます！」

「はい。もしわからないことがあったら、お気軽に聞いてくださいね」

「ありがとうございます。でも本当に、この中から好きに選んでいいんですか……？」

「もちろんです。もしここにある宝石より、お店に置いてあったアクセサリーの宝石のほうが綺麗《きれい》だと感じたら、そちらを選んでも大丈夫ですよ」

「わかりました！」

元気にお返事をして、ソフィちゃんは真剣な眼差《まなざ》しで吟味を始めた。

……ものすごく集中してるな。

邪魔しないようにしよう、と静かに見守っていたら、ソフィちゃんはぱっと顔を上げた。

「――これっ！　この石って、何ですか？」

小さな手のひらにケースを載せて、興奮した様子で尋ねてくる。

「そちらの石は、フラワールチルクォーツと言います」

「えぇっと、ふらわー……？」

「ルチルクォーツ、という石のうち、中に入っているとげとげの形がお花のように見えるものを、フラワールチルクォーツと呼ぶんです」

ルチルクォーツは針水晶とも言い、針状のインクルージョンが特徴的な石だ。その中でも、黄金色の花畑をそのままぎゅっと固めたような石をフラワールチルクォーツと呼ぶ。

透明度が高く、中の針状結晶が太くはっきりとしているものはかなり高価になる。

今ソフィちゃんの手元にあるフラワールチルは、透明度がそれほど高くなく、針も細くてまばらなもの。けれどそれはそれで、夜にライトアップされている小さな花畑のような雰囲気があり、とても可愛い。たぶんソフィちゃんもそういうところに惹《ひ》かれたんだろう。

「フラワールチルクォーツ……お花みたいですっごく可愛い……」

ほわぁ、と可愛らしい息をついて、ソフィちゃんはフラワールチルに見惚《みと》れている。

フラワールチルなら、確かこの辺りにも……といくつかのケースを発掘してソフィちゃんに見せたが、最初に手に取った石がやっぱりお気に入りらしい。

「ではそちらのフラワールチルクォーツで作りましょうか。どんなアクセサリーにしたいですか？」

「えっと……小さいころから大きくなるまで使えるのは、ペンダントかなって。お母さんとお揃いみたいな感じでつけても可愛いと思うんです」

「なるほど。では、以前お買い上げいただいたペンダントと同じデザインにしましょう」

「はい！　それでお願いします！」

頬がぽわぽわ赤くなったままなのが大変可愛らしい。

こんな感じになりますね、と出来上がりの図をさっと描いてみせたところ、「うわぁ！　すごい！　上手ですね!!」と大歓声を浴びてしまって照れた。心が洗われる……。

嫌なお客様というのはどうしてもいらっしゃるけど、ベルナデット様やフェリシアンさんはいつもかなりの癒やしになってくださる。ソフィちゃんはそれ以上に、なんというか……純粋パワーが眩《まぶ》しい。

「……この絵、もらってもいいですか？　これなら間違えて呑み込んだりしないですよね？」

「ええ、もちろんどうぞ！」

本当に優しい子だなぁ、と頬が思い切り緩んでしまう。

ソフィちゃんが宝石を好きになってくれたことも、妹さんのために宝石をあげたいと思ってくれたことも、本当に嬉しい。その気持ちに報いるために、もっと何かしてあげたいんだけど……。そうやって少し考えて、思いついたことがあった。

「そうだ、ソフィ様。以前お母様のために買われたペンダントは、どうやってしまっていますか？」

「えっと、もらったときの箱に入れて、クローゼットにしまってあると思います。でもお母さん、今はお仕事にも行けないし、ずっとつけてくれてます」

「でしたら……鍵のかかる小さな箱をプレゼントさせていただいてもいいですか？　こちらはお姉さんになるお祝いということで」

「……出産祝い、で安くしてもらって、お姉さんになるお祝いで箱までもらえるんですか……？」

眉を思いきり下げるソフィちゃん。『ものすごく申し訳ないけど、断るのも申し訳ないことかもしれない』という葛藤がわかりやすい。

う、うーん。困らせたいわけでも、気持ちに負担をかけたいわけでもないのだ。どうすれば遠慮なく受け取ってくれるだろうか。

……そもそも私のサービスが過剰すぎる？　肩入れしすぎている？

でも特別扱いも許されるべきだと思うんだよね……。だって、一般市民のお客様は彼女が初めてだったんだから。それがこんな健気で可愛い子どもで、おまけに妹思い。特別に扱いたいと思うのも当然じゃないだろうか。

「……私、宝石がとっても好きなんです」

まずは素直な気持ちを言ってみよう、と口を開く。

「いろんな人にとって、宝石がもっと身近な存在になってほしいなと思っています。そうしたらもっと、宝石を好きになってくれる人が増えるので。自分の好きなものを、他の人にも好きだと言ってもらえるのって、嬉しいことなんですよ。……だから、ソフィ様が宝石を好きになってくださったことがとっても嬉しくて。嬉しいから、もっと何かしたいって思ってしまうんです」

「……黄色い宝石、を、もらったときにも」

ぎこちなく、記憶を手繰り寄せるような口調で、ソフィちゃんが言う。

「あのときも、エマさんは嬉しいって言っていました。お店を見つけてくれたのが嬉しかったから、そのお礼にって……」

……確かにそんなことを言って渡したかもしれない。私が人にプレゼントを押しつけるときの口実、そういうのばっかりだな。口実というか、本心ではあるんだけど。

ソフィちゃんは大きくぱっちりと開いた目で、私のことを見つめた。

「嬉しいから何かをしてあげたくなるのって、わかります。私も、妹が生まれたのが嬉しくて、何かしてあげたくて……だから、その、たぶんそういう感じ、なんですよね？」

自分なりの言葉で表して、私のことをわかろうとしてくれている。愛しさに胸が締めつけられるような思いで、私はうなずいた。

「……はい。そういう感じ、だと思います」

「なら、ありがとうございます！　もらいます！」

ぎゅっと両手を握って、ソフィちゃんはそう宣言してくれた。

いい子すぎる。気を遣わせてしまって、大人として情けない……。

撫でたり抱きしめたりしたくなるのを我慢して、私は「こちらこそありがとうございます」とただ微笑んだ。


ペランは結局、ルースを買わなかった。「エマの言うとおり、巡り合わせを待つよ」と。またある程度別のルースが溜《た》まったら見てもらうことにしよう。

そうして翌日、私は朝からずっとそわそわとしていた。

――今日はアナベルの資格試験の日なのである。

試験は昼過ぎから始まって、夕方には結果が出る。そろそろ試験が始まる時刻だ。

ベルのことだから心配いらないだろうけど……！　そうわかっていてもどうしても気になって、お客様がいない時間は無意味に外を眺めてしまった。

「……やっぱ今日休んどいたほうがよかったんじゃねぇの、おまえ」

私に呆《あき》れた視線を向けるペランは、驚くほどにいつもどおりだった。

「お、お客様の前ではちゃんとしてるつもりだけど……!?」

「まあ、そこはちゃんと切り替えててすごいよな。でも俺の気が散る」

「ペランはなんでそんな平然としてられるの？」

「俺が心配したところでなんにもならないだろ。もう試験始まるんだし」

メンタルが安定していて素晴らしい。私もそんなふうにどんと構えていたいものだな……。

アナベルは努力家だ。こうと決めたことは必ずやり遂げるし、そのための努力を怠らない。億が一にでも、試験に落ちることはないだろう。私がするべきは、帰ってきたベルにどうやっておめでとうを伝えるか考えること。

……仕事中に余計なことを考えちゃだめでしょ、とベルに叱られる気がしてきた。ごもっともです。

脳内のアナベルに叱られてしゅんとしていると、作業室からシャンタルが出てきた。作業が一段落ついたらしい。

普段だったら作業室に置かれたルースやジュエリーを私が確認しにいくのだけど、今日のその手には一つ、ペンダントが握られていた。――ソフィちゃんご注文のペンダントだ。

「エマ、これ特急で終わらせたけど、確認してくれるかい？」

「えっ、もう終わったの!?　さすがシャンタル！」

石座に爪留めするだけのデザインとはいえ、ルースのサイズにぴったりになるよう、地金部分から作っているのだ。普通ならもっと時間がかかるものなのに、こんなに早く終わらせてくれるなんて……。

フルオーダーであれば私が原型作りや石留以降の工程を行うこともあるが、セミオーダーや簡単なアクセサリーはほとんどシャンタルに任せていた。

驚きながら、しげしげとペンダントを確認させてもらう。

ルース部分は、ソフィちゃんに昨日見てもらったときのまま、何も施していない。細いチェーンにシンプルにぶら下がるフラワールチル。小さな花畑のようなインクルージョンがソフィちゃんの笑顔を思い起こさせて、ついにっこりしてしまった。

「うん、問題ない。急いでくれてありがとう、シャンタル！　一週間後以降に取りにきてくださいって言ってあるから、しばらく来ないとは思うんだけど」

「ははっ、これくらい大したことないさ。喜んでもらえるといいね……って、もしかしてあの子？　このペンダントのお客って」

目を瞬くシャンタルの視線の先には、ショーウィンドウからこちらの様子を窺《うかが》っていたらしいソフィちゃんの姿が。

あれ、一週間後って言うの忘れちゃってたかな……？　それとも何か他に用があるんだろうか。

私たちが気づいたことにソフィちゃんも気づいて、彼女はあたふたとした後に店の中へと入ってきた。シャンタルが会釈だけして作業室に引っ込もうとしたので、私は咄嗟《とっさ》にその服の裾を摑《つか》んだ。

普段シャンタルは接客をしないけれど、せっかくだし顔を合わせてもらいたい。

「あ、あの、こんにちは！　すみません、一週間後にって言われてたのに……」

「いいえ、来てくださって嬉しいです。実はペンダント、たった今完成したんですよ！　このお姉さんが頑張って作ってくれたんです」

シャンタルの背中をちょっと押すと、彼女は戸惑いつつもソフィちゃんに「こんにちは」と微笑んでくれた。

「わぁ、もうできたんですか……!?　ありがとうございます！」

ぴっかぴかの満面の笑みを浮かべたソフィちゃんに、シャンタルは無言で私にアイコンタクトを取ってくる。そうでしょう、可愛いでしょう……。

私はしゃがんで、手に持っていたペンダントをソフィちゃんに見えやすいようにしてあげた。

「どうですか？」

「とっても素敵です！　ありがとうございます!!　きっと妹も、綺麗だと思ってくれると思います！」

「ふふ、よかったです。もう今日お包みしてもよろしいですか？」

「はい……あっ、あの、今日来たのは別の用事もあって」

ソフィちゃんははっとして、布でできた鞄《かばん》から長方形の箱を取り出した。ふわりと微《かす》かに甘い香りが漂う。お菓子だろうか。

「これ、近所のパン屋さんのパウンドケーキなんです。高級なものじゃないんですけど……でもおいしいと思うので……！」

「まあ……いいんですか？」

「お母さんに全部話したら、お礼に持っていきなさいって。あと、『体調が落ち着いたら必ずご挨拶に伺います』って言ってました」

絶対に間違えないぞ、と意気込んだ顔で、少しだけたどたどしくお母様からの伝言を伝えてくれる。大変な時期だろうに、こんなお気遣いを……も、申し訳ない。

恐縮しながら受け取ってから、ペンダントの準備をする。鍵のかかる小さな箱……ジュエリーボックス、と呼ぶには作りが簡単すぎるけど、一応ジュエリーボックスでいいか。それも一緒にソフィちゃんへと渡した。

すべてを受け取って感極まった様子のソフィちゃんは、ジュエリーボックスをぎゅうと大事そうに抱きしめた。

「本当にありがとうございます。この箱……私と、妹の大事なもの、いっぱい詰めます！」

いっぱいになったら見せにきてもいいですか、とおずおずと確認されたので、私は「ぜひお願いします」と深くうなずいた。

逸《はや》る心を抑えながら店じまいをして帰宅する。「ただいま！」と勢いよく玄関に入って、そのままリビングまで速足で向かった。

急いだとはいえ私の帰宅が一番遅かったようで、父さんも母さんも、ベルもみんないた。ケーキと紅茶の用意をしながら。

「お姉ちゃん、おかえり！　受かったよ！」

こちらから訊くより先に、アナベルはにっこり笑顔で報告してくれた。

受かった。……受かった。合格。

「——っお、おめでとぉ……！」

「わっ、泣いてる!?　いきなり!?　も〜、泣くようなことじゃないでしょ？　でも、あはっ、ありがとう。喜んでくれて嬉しいな」

ぽろっとこぼれた涙を、アナベルがくすくす笑いながらハンカチで拭いてくれた。

私もまさか泣くとは思わなかった。お礼を言いながら、ぐすん、と鼻をすする。ベルのこととなると感情の起伏が大きくなっちゃうな……。自分が資格試験に合格したときよりも、ずっとずっと嬉しかった。

そんな私たちを父さんは微笑ましげに見守り、母さんはくすりと笑いながらお皿をテーブルに並べていた。

「刺繍《ししゅう》の工房には、一か月後に辞めさせてくださいってもう言ってきたんだ」

アナベルは少し緊張した面持ちで、私のことを上目遣いに見つめた。

「わたしもこれで、お姉ちゃんのお店で働いていいよね……？」

「もちろん、歓迎する！　帳簿の作成をメインでやってもらって、空いた時間は宝石の勉強してもらおうかな。ペランも一緒に勉強する人がいたほうが張り合いあると思うし、魔宝石以外を扱うときに接客もできたほうが楽しいだろうから。接客の仕事、前にちらっと気になるって言ってたよね？」

「うん！　ありがとう、お姉ちゃん！　頑張るね」

ぎゅっと嬉しそうに抱きついてきたアナベルの頭を撫でる。

一か月後にはこの子と一緒に働けるのだと思うと、今から心が浮き立って仕方がない。仕事中に浮かれないように気を引きしめないと……！

そう心に決めつつ、私はアナベルに抱きつかれたまま移動して、両親の待つテーブルについた。

……このケーキの後に普通に夕ごはんもありそうなんだけど、全部食べきれるだろうか。


合格祝いは何がいいか尋ねたら、「わたしもお姉ちゃんみたいにそのままの宝石が欲しい！」と主張された。以前ルビーのブレスレットは贈ったことがあったのだけど、今度はルースが欲しいらしい。

カットされた状態でアクセサリーに加工してない石はルースって言うんだよ、と教えたら、アナベルは「ルース……！」とそれだけで嬉しそうにしていた。

というわけで、本日はベルをお客様としてご招待。

せっかくなので応接室に通して、ノエルさんに紅茶も出してもらった。

「……わっ、久しぶりに飲んだけど、やっぱりノエルさんの紅茶おいしい」

一口飲んですぐ、アナベルは目を丸くした。その様子に、ノエルさんが小さく微笑む。

「私からのお祝いの気持ちを込めて、いつもより特別な茶葉でお淹《い》れしました。改めておめでとうございます、アナベルさん」

「えへへ、ありがとうございます！」

「ノエルさんの紅茶はなんでもおいしいよ。これからはベルも飲める機会増えるねぇ」

私にも淹れてくれていたので、一口飲んでみる。確かにいつもと違う風味がするが、風味の種類が違うだけで、おいしさのレベルに違いはなかった。

ノエルさんが下がった後も、アナベルはご機嫌な様子で紅茶を楽しんでいた。それを見ているだけで私も楽しい。精霊もひらひらくるくると楽しそうに舞っていて、幸せしかない空間だった。

アナベルはふと、カップをじいっと見つめた。

「これっていつも、お客様にも紅茶だけでお出ししてるの？」

「え、うん、そうだけど……」

「……お茶菓子も出さない？　絶対お菓子と一緒のほうが楽しめると思う。宝石メインで楽しんでもらいたいのはわかるけど、おいしいもの食べてるときって心が軽くなるし、よりお客様の本心も引き出せるんじゃない？」

確かに一理ある。……そういえばサニエ卿《きょう》のところでは、紅茶と一緒にケーキも出してもらったっけ。

お客様にお出しするとなると、必然的に貴族御用達《ごようたし》のお店で買うことになる。正直そういうものに詳しくはないけれど、王都だしそれなりの数のお店があるはずだ。

ご予約のお客様が来るときだけ、時間に合わせてケーキを買いにいく……？　飛び入りのお客様には比較的長く持つお菓子を常備しておく？　ノエルさんが休日のときももっとおいしい紅茶を出せるよう、紅茶を淹れる練習をすべき？

今度アクセルさんに、どうしているか訊いてみようか。

「買い出しが必要なら任せて！　工房の人たちっておしゃべりだから、いろんな噂《うわさ》が入ってくるの。気になってるお店も結構あるんだ」

アナベルはそう言って胸を張った。

うーん……試みとしてはありだ。

お客様のご要望に寄り添うためには、口が軽くなってくれたほうが……というのは言い方が悪いな、えっと、より心地よく過ごしてもらえたほうが都合がいい。

「それじゃあ、ベルにお願いしようかな」

「やった、頑張るね！」

一か月後のことなのに、今から張り切ってみせるアナベルがとても可愛い。

にこにこしてしまいながら、私はテーブルの上にルースを並べた。

「どれも可愛い石だから、ゆっくり選んでね」

「ありがとう！　……全然名前もわからない宝石がいっぱい……」

瞳を輝かせて見惚れたアナベルは、口元をほころばせた。

「でもほんとに全部可愛いね。お姉ちゃんのおすすめは……って訊いても、全部好きだろうから選びにくいか。最近印象的だった宝石はどれ？」

私のことを熟知した訊き方をしてくれるな……。実際、ペランにおすすめを訊かれたとき、一度は全部と答えてしまったし。

お客様におすすめを訊かれることはそれなりにある。だからためらわず答えられるよう、毎日あらかじめ答えを用意しているのだけど……今回はベルの心遣いをありがたく受け取ろう。

ルースに視線を滑らせる。

最近……となると、やっぱりこれかなぁ。

「フラワールチルクォーツっていう石が印象的だったな」

フラワールチルの中でも特に上等な石を選んで、ケースをつまみ上げる。それをアナベルの前にことんと置いた。

「中に入ってる結晶……宝石の内包物をインクルージョンって言うんだけどね、この石はインクルージョンが花みたいになってるの。可愛いでしょう？」

「か、可愛い……こういうのもあるんだ！」

アナベルはケースを指先で持って、興味津々にいろんな角度に傾けた。

「宝石ってキラキラしてるのばっかりだと思ってたけど、これはつるんとしてるんだね」

「ふふ、よくぞ気づきました。キラキラしてるのはファセット・カットって言ってね、たくさんの面を切り出すことで光を屈折させて、輝きを強く見せるの。透明な石はファセット・カットにされることが多いかな。逆に透明じゃない石とか、これみたいにインクルージョンを楽しむような石、あとは特別な光の効果が出る場合には、カボション・カットっていうつるんと丸いカットにすることが多くて――」

そんな解説を挟みつつ、フラワールチル以外の石もいくつか見せていく。

宝石を見るときに、知識は何も必要ない。美しいと思うその心が大事だから、基本的にお客様には、求められない限りは必要以上の解説はしない。アナベルに対しても、今まで専門的な話は一つもしてこなかった。

でも今、アナベルはとても楽しそうに聞いてくれている。この調子なら、勉強のほうも楽しみながらやってくれそうだ。

……私が楽しそうにしているから楽しいのかもしれないけど。

「……と、いろいろ話しちゃったけど、大丈夫？　疲れてない？　今更言うのも遅いかもしれないけど、まだ全然覚えようとしなくていいからね」

「大丈夫だよ。お姉ちゃんがこういう話してくれるようになったの、お仕事仲間として認めてもらえたみたいで嬉しいんだ。新しい知識を身につけるのも楽しいし！」

アナベルはにっこりと笑った。そして一つのケースを手に取る。

「今見せてもらった宝石の中だと、この……フラワールチルクォーツ」

「合ってる合ってる」

確認するように視線を向けられたのでうなずいてみせる。

ほっとしたように息をついて、彼女は目を細めてフラワールチルを見つめた。

「この宝石が一番気に入ったかも。宝石もお花も、どっちも傍《そば》にあるような気持ちになれるのが嬉しいなって」

「ふふ、素敵な褒め方ありがとう。じゃあこれにしようか」

「うん、ありがとう！」

……うちの妹の笑顔、フェリシアンさんに全然負けてないかも。むしろ勝ってるかも。可愛くて眩しい。

印象的だった宝石、を訊きながらも、なぜ印象的だったのかという具体的なエピソードは話さなかったし、アナベルも求めなかった。一緒に働くようになれば、そういう話も気兼ねなく共有できるようになる。……楽しみだな。

心を弾ませていると、カランコロン、とドアベルの音がした。

「あ、お客様？　わたし部屋移動したほうがいいかな」

声を潜め、アナベルが尋ねてくる。

「もしかしたらお願いすることになるかもしれないけど、今はまだいていいよ」

「わかった。じゃあ、ルース見ながら待ってるね。行ってらっしゃい」

接客はノエルさんとペランにお任せしようかと思っていたけれど、アナベルが送り出してくれるのなら私も行こう。

行ってきます、とささやいて、私は応接室を出た。

入り口には、ノエルさんとペランから挨拶をされ、がちがちに緊張した様子の妙齢の女性がいた。

貴族ではなく、一般市民の方だ。ショーウィンドウが気になって立ち寄ってくださったんだろうか。

……この方にも、宝石を好きになっていただきたいな。

そして帰るころには、どうか輝かしい笑顔を浮かべられますように。

私はお客様に近づいて、にこりと微笑んだ。

「——いらっしゃいませ。本日はどのような宝石をお探しでしょうか？」

MFブックス

精《せい》霊《れい》つきの宝《ほう》石《せき》商《しょう》 1

特《とく》別《べつ》なエメラルド

2024年11月25日　初版発行

著者　藤崎珠里
発行者　山下直久
発行　株式会社KADOKAWA
〒102-8177　東京都千代田区富士見2-13-3
0570-002-301（ナビダイヤル）
印刷　株式会社広済堂ネクスト
製本　株式会社広済堂ネクスト

ISBN 978-4-04-684020-2 C0093　Printed in JAPAN

担当編集　森谷行海
ブックデザイン　長﨑 綾（next door design）
デザインフォーマット　AFTERGLOW
イラスト　さくなぎた

本書は、カクヨムに掲載された「精霊つきの宝石商」を加筆修正したものです。

この作品はフィクションです。実在の人物・団体・事件・地名・名称等とは一切関係ありません。